MING

MEI

ZHENG

DANG SHI

明媚正当时

章珈琪

/ 著

青岛出版社
QINGDAO PUBLISHING HOUSE

图书在版编目（CIP）数据

明媚正当时 / 章珈琪著. —— 青岛：青岛出版社，
2016.8
ISBN 978-7-5552-4105-8

Ⅰ.①明…　Ⅱ.①章…　Ⅲ.①散文集－中国－当代
Ⅳ.①I267

中国版本图书馆CIP数据核字（2016）第129766号

书　　名	明媚正当时
著　　者	章珈琪
出版发行	青岛出版社
社　　址	青岛市海尔路182号（266061）
本社网址	http://www.qdpub.com
邮购电话	010-85787680-8015　13335059110
	0532-85814750（传真）　0532-68068026
责任编辑	杨　琴
选题策划	杨　琴　易　超
封面设计	苏　涛
版式设计	刘丽霞
印　　刷	三河市南阳印刷有限公司
出版日期	2016年8月第1版　2016年8月第1次印刷
开　　本	32开（880mm×1230mm）
印　　张	9
字　　数	122千
书　　号	ISBN 978-7-5552-4105-8
定　　价	36.00元

编校质量、盗版监督服务电话　4006532017　0532-68068670
青岛版图书售后如发现质量问题，请寄回青岛出版社出版印务部调换。
电话：010-85787680-8015　0532-68068629

永怀浪漫主义

　　不知道对于一首喜欢的歌你会单曲循环多久，我会单曲循环许久许久。

　　我一直觉得，音乐和文字，是这个世界对我们最好的馈赠，假如没有了它们，我们的世界将会多么无趣。它们繁华了我们的世界，赋予我们对生命的最大感动。无论是浅吟低唱，还是引吭高歌，那些或轻柔或雄壮的音乐，都有着震撼人心的力量，它们会让人猛醒，也会让人心生美好，如同神秘的姑娘，让人无限向往。

　　我们最初认识这个世界的文字是童话故事，它告诉我们这世上有种神秘而伟大的感情叫爱情，灰姑娘和王子会拥有幸福的爱情。童话描绘了许多美好，让我们憧憬和渴望。然而事实是，每一个童话故事从开头到结尾短短几千字，其间都是不可逾越的巨峰险滩。每一个灰姑娘最终能够穿上水晶鞋，站在王子面前，都是需要无数次艰苦卓绝的蜕变，这个过程叫成长。你的美丽是由你的无数泪水和汗水浇灌而成，是以你无数次的跌倒后爬起来丈量的。可是因为心中有梦，因为执着追求，荆棘、委屈都是成长的代价，当你终于走过河流山川，再回首，那些大事小事、痛苦癫狂，终会释然，你会感谢那些童话故事曾给我们无限希望。

浪漫的人永远相信美好。

今年特别喜欢的一首歌是王菲的《清风徐来》，仙音袅袅，歌中描绘的意境，美得不可方物。我仿佛看见一袭白衣的小龙女立于竹林深处，立于高山之巅，太阳一点点升起，光耀灿烂，鸟语花香，清风徐来，她的衣袂飞扬，发丝轻盈舞起。她轻一回眸，百花摇曳，穷尽语言也无法描绘出她的飘逸轻灵。

"越是憧憬，越要风雨兼程，清风徐来 水波不兴"让我想起今年的一句流行语"明明已经有颜值，为什么还要去拼才华。"歌中这两句歌词所表达的是另外一种人生格调。坚守自我，何惧东西南北风，心有桃源，绝然于世，自然海阔天空。每个人都需要这样一种勇气，一种勇于做自己的精神，那么，你总会变成憧憬的自己，那个你心里的小龙女。

在最好的年华，你遇见最美好的他，最好的风景，不在山间竹林，不在世间繁华，有他相伴，一角一隅，采菊东篱，处处风景如画。当你已卓然于世，总会有人跨越爱的时差，千里之外追寻你的芳华，最珍贵的爱情不是惊鸿一瞥，而是爱你不朽的灵魂。

那些风霜刀剑，最终不过是人生路上的短暂阴霾，怎抵你绝代风华。

经常看到一对两鬓斑白的老人，牵着手蹒跚走在路上，每每感到莫大的感动。纵使年华逝去，垂垂老矣，深爱不曾停息。

儿童绘本插画家苏菲·布莱克鲍尔《错失良缘：爱情寻人启事》一书中的寻人启事便是许多向左走向右走的爱情故事，比如"我把伞送给了你，却为你指错了路。"有的启事写于一见钟情后的片刻，有的则写于几十年之后。"每天数以百计的陌生人因为一个眼神、一个微笑或者一顶蓝色帽子而去寻找对方。他们的寻人启事通常如同蝴蝶的寿命一样短暂，我则试图把其中的几只捕捉下来制成标本。"——苏菲·布莱克鲍尔。

所以，在爱情中即便已经500次沦陷，你仍然要期待第501次擦肩。

光阴如梭，与其错过美好，不如勇敢奔赴，无论是你喜欢的生活，还是你向往的爱情。

浪漫主义终会与美好相遇。

章珈琪

2016年5月4日

目 录

Part 1

青春已暮，
你我终将远扬

003 ○ 春光何曾忆少年

010 ○ 你是否也曾经敢与全世界为敌

017 ○ 千山鸟飞绝，梦想逃不开

023 ○ 感情总是善良，奈何人会成长

029 ○ 我已刀枪不入，来抵万劫不复

036 ○ 昨日霓裳遥寄旧时光

044 ○ 每个女孩都有一抔星光

050 ○ 如果这是我爱你最好的距离

Part 2
待春日明媚，
且听清风徐来

你已盛开，清风徐来 ○ 059

将爱情进行到底 ○ 067

终于终于等到你 ○ 074

感谢前任，教会我成长 ○ 081

曾经沧海，终成云烟 ○ 089

当我足够好，才会遇见最美的你 ○ 096

当真爱来袭，没什么不可以 ○ 102

人山人海，你是我唯一的渴望 ○ 108

Part 3

我以勇气，邂逅美丽

117　　我本将心向明月

123　　在最好的年纪，做勇敢的自己

129　　感谢我曾不完美

136　　斗转星移，终成参商隔天际

142　　我的似水流年，你曾缺席

149　　如果可以重来，我仍敢奋力爱

155　　听说，向日葵永远向阳

161　　与独处的时光深情相拥

Part 4

也曾失去，也曾欢喜

橘黄橙绿故人归 ○ 169

如果上帝不能治愈 ○ 177

何以情深，万夫莫敌 ○ 183

千回百转，依然是你 ○ 190

以冬日烈酒，致青春不朽 ○ 197

岁月无声，厚爱永恒 ○ 202

人生需要舒缓的旋律 ○ 209

你无须得到所有人的青睐 ○ 214

Part 5
对于未来，我很贪心

221　○　你是倦鸟，也要奋力翱翔

227　○　下一秒，幸运与你不期而遇

233　○　未来早已奔跑而来

239　○　千万次的蜕变终成光鲜亮丽

245　○　人生无畏，处变不惊

252　○　命运对谁都没有优待

259　○　纵然全世界沉睡，她敢于特立独行

265　○　无所畏惧，去追逐自己喜欢的生活

270　○　后记：时光易老，只争朝夕

Part 1

青春已暮，
你我终将远扬

我向往的，是那个人能和我
携手奔赴相同的目的地，
一路风雨兼程，同舟共济。
我们的梦想在同一个海岸，
我们共同缔造梦想家园。
那种更高精神层面上的浪漫，
才最为甘甜。
我所向往的，是无价的，
可是你的世界里没有。
所以，我们，
终将不再有交集，走向异方。

有没有那么一首歌，会让你想起我？

时光会记得，我曾从你的世界路过。

青春落幕，你的夜空有璀璨的星河。

而春风过境，我有我的烟火。

是那首老歌，曾把他们连在一起。

而今，又是那首老歌，让她再次沦陷。

这期间的时光已经悄悄过去了6年。

想来，已经很久不曾唱歌，甚至不能听歌。

尤其是这首《铁血丹心》。

1

时隔多年，初瑶仍记得第一次见到他的情景。

见到他的时候，他不是一个人。那是雨后初歇的傍晚，草木深深，从食堂到游泳池之间有一片不大的空地，鲜有人来。那天因为下雨，又是大家去吃晚饭的时间，所以，这里更是静谧。初瑶走近那里是因为隐约听到了歌声，循声而去，便看到了四五个男生在那里跳舞，旁边的石阶上放着一个手机连着一个小小音箱，在外放音乐。初瑶的目光立刻就被站在中间的那个男生黏住了。

那男生身穿白T恤牛仔裤，微低着头，似乎一曲刚完，在静默地等待音乐再起。音乐骤然响起，他也突然爆发舞起，舞步狂放而激荡。最后音乐声渐渐消失，他做了个完美收尾，站在那里静默，而他背后的路灯，仿佛特意来给他铺陈一个浪漫的背景，渐次亮起。

初瑶看得有些呆了，那仿佛是他一个人的独舞，一个人的舞台，而其他的人明明跳得也都很棒，却不知为何都成了他的陪衬。

前边的那个应该是老师，那老师突然叫他说："易楠，你来领舞，其他人跟着做最后一遍。"

哦，他就是易楠，早有所闻。

难怪，难怪。

初瑶的心里不知道是雀跃还是失落，一路上上下下，跌宕起来，如同脚下的林间坡路，总是不够平坦。

易楠是法律系的男神，声名远播，受到女生们的格外青睐。

本来，男神只适合远观，初瑶也就是欣赏欣赏而已，可是没想到，不久，她就跟男神扯上了关系。

是因为一次全校的文艺会演。易楠的压轴节目是男女生合唱本来已经定好和另一个女生邹晓一同合作，未料邹晓在彩排前一天上街时不小心被摩托车撞伤了腿，住了院，于是易楠需要找新的节目搭档。

于是初瑶成了那个有幸被命运眷顾的人。

可是这个馅饼是怎么砸到她的头上的呢？易楠不仅是校草，还是设计系的一面旗帜，旗帜是绝对不能倒下的。所以，为了确保易楠的尊贵地位，他的节目只能成功不能失败，系学生会兴师动众也专门在各班筛选好声音，那阵势轰轰烈烈，堪比后来的《中国好声音》的赛事。

初瑶没别的优点，就是有一副好嗓子，因为这是祖传的。初瑶的妈妈当年差点成了著名戏曲家。现在知名戏曲家张××曾是她妈妈的同门师兄。这些话说出来实在惊人，但是初瑶习惯低调做人，从未和人炫耀过。

只是，她一开口，便被识得金镶玉。

易楠当时在现场，听到她开口，便觉得非她莫属，一锤定音。

于是他们成了搭档。

2

初瑶觉得自己一步登天。

天哪，第一次登上梦想大舞台就有男神为伴，这不是幸运是什么？

在演出的那天，他们毫无悬念地大获成功。那首《铁血丹心》被他们两人演绎得悲壮又缠绵，感人至深。可是未料，初瑶卸了妆出来，后面有人追上来拦住了她的去路。居然是邹晓，她已经能走路，只是还有点跛，她刚刚一直在台下观看演出。她上下打量初瑶说："恭喜你获得了入场券，可是你虽然入场了，能不能笑到最后还得看实力。"

初瑶有些蒙，什么入场券？

后来她明白了，所谓的入场券是说她晋升到了易楠的圈子。爱慕他的人虽多，可是能跟他近距离接触的，还只是其中的一个小小的范围。初瑶已经踏入了这个小圈子，可是，最后的输赢还未知。因为这里人满为患，每个人都身怀绝技，武功高强。

比如，这个跛脚的邹晓。她甚至什么都不用做，就可以获得男生的欢心，因为她长得真是好看。虽然此刻是怒目而视，给人的感觉却仍然很可爱，野蛮女友是另一种热辣的风情，叫人如何不喜欢。

自此，初瑶身不由己踏入了江湖，江湖险恶，刀光剑影，只能自己珍重。

初瑶和易楠立刻传出绯闻，初瑶成了江湖中人人追杀的那个。

可是这些都没能阻挡住易楠喜欢上初瑶，他喜欢上了跟初瑶在一起的感觉，他们恋爱了。最常做的事就是一起看书，一起听歌。一副耳机，线的左端是他，右端是初瑶。即便什么也不说，只是静静地听，都觉得这个世界很美，大概世间已经没有再好的风景。

初瑶却未曾想到，那些歌后来她都不能够再听，因为每一首都深深地烙上了他的印记。

3

有实力的敌人从不声张。

初瑶还在每天为邹晓的骚扰而烦恼，却不知真正的敌人来的时候，她毫无招架之力。

那女孩像是从天而降。应该是从天上下凡来的吧。

那个周末，初瑶和易楠去放风筝回来，初瑶去洗了个澡，从浴室出来，就在宿舍楼前，那女孩伸手横在她面前。

"你是初瑶吧。"

"你是？"

"我是易楠的未婚妻。"

"哦。"

她应该就是大名鼎鼎的尹紫怡，易楠青梅竹马的前女友。可是他们不是已经分手了？这女孩不是已经在英国伦敦读大学了吗，怎么会出现在这里？

"你一定很奇怪我怎么会在这里。因为我一直爱他，他想分手，是分不了的。哈哈，他只不过是要小性而已。你信不信，我只要做个小小的游戏，他就会乖乖地回到我身边，因为他根本看不得我受任何委屈。我爱他，可以拿生命去换，就算死也要他在我身边，我会不惜一切代价。我有我爸永远花不完的资产，我也能给他最好的一切。你呢？你有什么？只凭一副好嗓子？信不信我明天就让你变成哑巴？"

那一刻，她眼中的决绝，让初瑶相信，她说的都是真的。

两天后，易楠来找初瑶。

他们去附近一家小酒馆吃晚饭。易楠很迷茫地看着初瑶，握住她的手，问她："我该怎么办？尹紫怡爸爸来找我了，因为伦敦的天气湿气太重，她又一个人在那里没人照顾，心肌炎犯了，医生说非常危险，她爸爸希望我能去伦敦陪她读完大学，彼此也好有个照应。可是我好舍不得你。"

狭路相逢勇者胜。

果然，她真的说到做到。

果然，她做得易如反掌。

初瑶没有告诉他，三天前的这个时候，她们之间还有一场激烈的对话。飞回大洋彼岸她就心肌炎犯了，今天可以是心肌炎，明天可以是脑瘤。不论是买通医院，还是出资让他去陪读，对她来说都是芝麻粒大的事。她果真有通天的本领。

可是，只要初瑶说出三天前她还飞来这里，跟她谈判，恐怕结果会不同。

然而，初瑶始终记得尹紫怡眼中的决绝。

那是一种为爱费尽心机的勇气，尽管她可能被葬身火海，却不肯放弃，她的一腔孤勇，深深地震撼了初瑶。

她很可恨，为了夺爱这样不择手段。

她却也可怜，为了爱他这样费尽心机。

初瑶竟然恨不起来她，竟然还有一丝可怜她。

与她相比，初瑶觉得自己似乎还不够爱他。

毕竟，仅仅这些流言蜚语和铺天盖地的攻击，她就已经觉得天昏地暗。

所以，她慢慢将手从他的手中抽出，又慢慢地低下头说："哦，那挺好的，国外的环境比我们这里要好得多。"

易楠沉默地盯着她看了好久，问她："你不希望我留下来？"

初瑶压抑住就要奔腾而出的泪，勉强挤出一个微笑说："到了那边，记得给我发邮件哦！"

易楠又沉默了好久，终于蓦地站起身，狂奔而去。

初瑶瘫坐在那里，如筋骨寸断，呆坐到酒馆要打烊，老板娘走到她身边："小姑娘，要关门咯，你没事吧？"

4

易楠刚走的那段时间，初瑶每天睁开眼的第一件事就是上网打开邮箱，偶尔看到新邮件，都会激动得不敢点开，可是鼓足勇气点开之后，却又是难以名状的失落。

他从未发来一封邮件，就那样狠绝地消失，恍如他从未来过她的世界。

后来有很长的一段时间初瑶不敢跟大家一起去K歌，她害怕听到那些歌，那首《铁血丹心》就如同心底的疤，一碰就会隐隐作痛。

初瑶在电视上见过他一次，那是一个多人访谈节目，他是作为英国一家上市公司的项目设计师谈及中国文化。他讲的最后一句话是，他最怀念大一那年唱的那首歌，特别好听，此生都没有再听过那么好听的歌了。他说这句话的时候，眼中分明有晶莹的东西在闪烁。

那一年的那首歌，是他们共同的记忆，原来，他从不曾忘记。

他显然已经不再年少轻狂，岁月的沧桑带给他的是沉淀后的成熟和稳重，有种说不出的气韵和风度。

可是，初瑶心底的少年，一如从前。

他穿着白T恤牛仔裤站在校园的那个角落，垂眸静默，背后的路灯渐次亮起。

这些年，她总在想，尹紫怡千方百计将他留在身边，那大概是最深的爱吧。尹紫怡对他如此深爱，对他也一定呵护备至，他一定很幸福吧！

一定一定比在她身边要幸福啊！

有没有那么一首歌，会让你想起我？

时光会记得，我曾从你的世界路过。

青春落幕，你的夜空有璀璨的星河。

而春风过境，我有我的烟火。

你是否也曾经敢与全世界为敌

曾离经叛道，身披战衣，
无数次击败假想敌，
算不算我所向披靡。
而邂逅你，
邂逅这世间别样的美丽，
或许才是我最终的胜利。

闫小米第一次知道"特立独行"这个词是看了王小波的散文。

后来闫小米膜拜拜伦和王尔德。"只有特别之处才能留存下来。""我不仅要做一个恶棍，而且要成为一个怪物，你们会宽恕我所做的一切。换句话说，我要把你们的衡量标准变成荒唐可笑的东西。"

尽管后来知道他们是遭人唾骂的，他们放荡不羁又道德败坏，但闫小米已经发誓要做一个与众不同的人，并且这些话一度成为她的座右铭。

这些话在那些迷茫的时光里，曾经像一线阳光冲破了她阴霾的天空。

1

其实闫小米起初觉得自己最大的与众不同是自己跟姑妈一家一起生活，而不是跟爸爸妈妈。闫小米的爸爸妈妈每年只能回来两次，一次是春节，还有一次是在夏末。她的爸爸每个月会从大洋彼岸给姑父的银行卡里打钱。所以这些年她总在想她姑父不知道赚了她爸多少大洋。

她爸妈每次在电话里都谆谆教导她好好学习，天天向上。可是再谆谆教导也是远水解不了近渴，怎么长她自己说了算。她从来没有寄人篱下的自觉性，她的姑妈每天除了去麻将馆就是去做SPA，她的姑父更是把这家当旅行别墅，常年出差在外。

所以，闫小米真的就像是一株自由生长的植物，长成什么样要看她自己的造化。

闫小米上的是半封闭的贵族学校，要住校，只在周末可以回家。她很不喜欢那里，因为要跟一群女生住集体宿舍，还有值班的老师夜里监督她们定时睡觉。她有时候会在被子里偷吃零食，偷偷地背诵喜欢的歌词。

她做的最引以为傲的事就是趁着晚上大家去自习，她偷偷地翻墙出去买零食和各种喜欢的小玩意。在他们学校附近有一家便利店，她在那里常常发现有自己喜欢的东西，便利店夜里开到很晚，所以她一旦弹尽粮绝就会偷偷跑出去。

当然这是秘密，只有一个叫徐赢的男生知道。那是因为那次她已经翻墙过去之后，发现他站在大门外正要按门铃，他瞪着铜铃一般的眼睛不可置信地看着她，用手指着她刚要说话，她立刻伸手捂住他的嘴巴，拉着他一道跑去那个便利店。因为猝不及防，徐赢于是成功地被她拉下了水。

闫小米自然成了徐赢的偶像。要知道，那墙是相当高的，连徐赢这样的高个子男生爬上去都不容易，可是闫小米就像只敏捷的猫咪，三下五除二就翻了过去。所以，徐赢自然佩服她佩服得五体投地。

2

闫小米对什么事都是一副很不在乎的样子。

她的同桌每天都是第一个去上晚自习，总是很晚才回来。可是她的位置一般都空着，自习上不上有什么关系！

吃饭的时候大家都抢着第一个从教室冲出去，她无所谓，反正她偷偷储存了零食，抢不抢有什么关系！

闫小米总是有点慵懒，对同学们每天紧张兮兮地忙学习有点嗤之以鼻。

她早已决定不做那泛滥的大多数，处处都想与众不同。

可在这些小事上还彰显不出她的与众不同，她后来真找到了一件大事，一件让所有人都不敢小看她的大事。

学校三令五申禁止同学们早恋，老师和家长也都将早恋视作洪水猛兽。闫小米成熟得有点晚，对感情还不敏感，倒是有点反感。于是，当某一天她不小心撞到同班的文艺委员和体育委员躲在凉亭旁的树荫下拥抱的时候，她便觉得自己建功立业的时候来了。

其实她是不喜欢打小报告的，也从未干过这样的事，但是这次不一样啊，这是何等大事！往小的方面说，这会影响他们的学习成绩；往大的方面说，会影响班级的声誉；再上纲上线一点，如若不加以严管，那会直接影响他们将来的人生方向。所以，无论如何，这是至关重要的大事。

她往办公室奔跑的那一刻甚至觉得自己像极了潜入国民党内部的共产党高级谍报人员，为了崇高的目标，奋力一搏。

她当然成功地为自己树立了勇敢光辉的形象。这两个班干部受到了严厉责罚，还差点被罢了官。而她俨然成了纯洁向上美少女的形象大使。

后来又被她抓包了一对，那个男生比较厉害，扬言要报复她，可是她就嘿嘿一笑："你觉得我会怕吗？"

她这大无畏的胆气反倒吓到了那个男生，他于是觉得，她既然敢这么有胆气，不是有高深莫测的背景就是跟老师有特殊的关系，不论哪一种可能，都是不惹为妙。

直到有一次放假回来，她把头发染成浅棕色，还打了耳洞，偷偷戴了姑妈的耳圈，弄得两只耳朵肿得老高，被班主任叫去办公室狠狠训了一顿，还把她姑妈请到学校来，同学们才恍然大悟，原来她跟老师不是一伙的。

据说她姑妈是被从瑜伽馆请来的，见到她丝毫没提耳圈的事，只是埋怨："我今天的课算是被你耽误了。"

闫小米就笑："姑妈，你这水桶腰再练也练不成小蛮腰，就省省吧，还不如回去睡觉。"

同学们听到吓坏了，闫小米居然敢大逆不道地跟她姑妈说那样的话！

总而言之，闫小米是个奇葩。

3

闫小米的爱情在大二那个夏天毫无征兆地绽放了。

闫小米在春节过后回D城，5个小时的路程陪伴她的是一个叫叶黎的隔着九曲十八弯的远房亲戚。她的姑父是叶黎的表舅。叶黎比小米年长5岁，已经在D城的政府部门工作。

短短5个小时，闫小米确定自己的爱情迅速爆发，没有任何循序渐进的过程。照常理，两个人多少是有点缘分的，毕竟还有点亲戚关系，可是未料，很多时候，近水楼台未必是好事。

鉴于多年来闫小米的表现，姑父在这个时候主持了公道，大义灭亲，列出小米的斑斑劣迹。叶黎作为政府部门的一个有为青年，仕途一片光辉灿烂，如若与这样一个叛逆不羁的女孩为伴，将来势必会影响辉煌的前程。因此，姑父一锤定音，小米绝对不是合适的人选。

而叶黎作为有志青年，自然壮志在胸，以实现宏图霸业为此生崇高目标，怎能拘泥于儿女私情。所以，尽管闫小米可爱又漂亮，他还是要斩断情丝。

这段感情小米坚持了两年，抗争了两年，甚至跟姑妈姑父断绝了关系，可是怎奈孤军奋战，没有任何支援，男主角已经退出。终于在小米大学毕业之际，这段爱情惨淡落幕。

4

闫小米一度觉得自己是流浪儿，在这滚滚红尘中不知所终。毕业后她一个人去了北京，既然她是浮萍，那不如就到一个更适合漂流的地方。

既然是漂流，所以她要求不高，并没费多大力气就找到一家文化公司。她还不知道，其实这家公司并不简单，有很多的官太太，还有一些重要的人士，都是维系公司得以正常运转的关系链上的不可缺少的支点。他们的工作就是来签到、开会、聊天。至于具体工作，比如起草个文件，整理个资料，或者订餐，甚至取快递，这些小事都是新人的工作。

闫小米是新人，所以忙得晕头转向，不久还被牵涉到一起官司里。事件起因是公司的吴姐让小米起草了一份重要资料，准备拿它去和一家客户谈合作，结果第二天谈判的时候签完字才发现那份文件已经被篡改，不是小米当时呈给她的那一版。这一版许多条款显然损害了公司的利益，吴姐向小米问责，小米解释不通。公司领导大怒，走法律程序调查幕后人。

如此，陈筝走入了小米的世界。

陈筝作为小有名气的律师办事很有效率，一周不到便结了案，结果让人大跌眼镜。原来是吴姐最好的闺密杜姐在谈判的前一天请吴姐吃了饭，趁她去卫生间的时间将她的文件调了包，以造成她的极大过失，想借此将她驱逐出公司。哪里是什么好闺密？其实杜姐早就对吴姐抢了自己在公司的一姐地位的事而耿耿于怀，所以这次借机报复。

小米被证明清白，却倍感受伤，从小到大，没有人可以信赖。所以陈筝走近她的时候她是抗拒的，她觉得自己已经看淡世事，不相信会有真的爱情。

陈筝真正打动她应该是在那个雨夜，她加班到很晚，饿着肚子从公司走出去才发现外面已经下起很大的雨，可是她没有带雨伞。时间已经很晚，附近便利店也已经关门。她穿得单薄，站在公司大厦楼门口犹豫了一会儿，将包放在头上便冲进雨中。

看不清路，也打不到车，她已经被雨水淋透，觉得将要一个人艰难地走回公寓了。可是，有车停在了她的旁边，那车门随即被打开，有人说："快点上来。"

她以为是出租车，已经顾不得许多，钻进车里，关上车门，转头才看清，原来是陈筝。他将车停到路边，然后递给她一条毛巾，责怪地说："就知道你还在加班！快擦擦。"

小米忙着擦脸上的雨水，他忽然凑过来，用手中的毛巾给她擦头发。呼吸离得那样近，小米忽然失了心跳。他就那样仔仔细细擦了好一会儿，仿佛在擦小米湿漉漉的心。之后，他好像还舍不得放手，却终于不甘地放开小米，开车送小米回家。

小米后来总是记起那个雨夜，每记起一次，她的心就变得柔软一些。

那大概是因为，陈筝是那个她一直在等的人。

她曾经在这个世界东撞西撞，想摧毁四周的铜墙铁壁，而今，全世界都变得那么美丽。

闫小米改变了很多，也成长了很多。

从前的那些糗事，已经成为她成长过程中珍贵的记忆。

曾离经叛道，身披战衣，无数次击败假想敌，
算不算我所向披靡。
而邂逅你，邂逅这世间别样的美丽，
或许才是我最终的胜利。

深爱这仲夏夜色，

执念已久，星海入梦来。

且与梦想谈情说爱，

不过是一切从头再来。

　　根本没人敢相信电视台新来的那个新闻主播就是康子新。

　　谁能相信？这简直是天方夜谭！

　　康子新从小学到大学的同学加朋友，再加上朋友的朋友，总人数至少也在14亿人口中占一小撮。如果有人告诉这其中任何一个人康子新成了新闻主播，估计那个人会觉得这是今年最好笑的笑话了。

　　因为人人皆知，康子新是个重度口吃患者。

1

　　同学们的记忆里康子新冷峻寡言，缺乏一点亲和力。

　　其实养成沉默的性格来源于他的童年。据说康子新会说话就比同龄的孩子晚了好几个月，而且非常奇怪的是他先学会说的不是妈妈和爸爸，而是爷爷。他爸爸常常揶揄，也不知道爷爷怎么贿赂他了，居然最先会叫爷爷。这个小孩说话要比别人慢半拍，当时他还小，没人在意。可是后来上学之后，家人开始发现他发每个音的时候都有点吃力，需要酝酿一会儿才发得出来。

这个孩子居然是口吃！

真是好奇怪，整个家族中没有一个人口吃，不知道他怎么会有这个毛病。于是家人带他去看医生，医生不痛不痒地说："不要紧的，小孩子嘛，注意点约束他就好了，让他说话慢一点，尽量少紧张，慢慢就好起来了。"

家人的确认真地约束起他来了，要求他每个字都不许重复，慢慢说。可是越约束，这小孩害怕说错会挨骂，就说话越少，渐渐地便变得沉默寡言了。

康子新的确跟爷爷很亲，爷爷每次去林场看林子都带着他一块儿。爷爷总是随身带着个叫收音机的黑色小匣子，那东西很神奇，里面什么声音都有，能敲锣、打鼓、唱歌，也有新闻和诗歌朗诵。爷爷把那个小匣子当个宝，小小的他便更觉得那些声音很神秘。

他渐渐清晰地感觉到自己的声音和那些声音的不同，他说话的节奏是断的，而那些声音是多么流畅，像黄鹂在唱悦耳的歌。

在小学三年级的时候，老师第一次给他们讲到了"梦想"这个词，老师问同学们："你们将来的梦想是什么？"全班同学绝大多数人都说他们的梦想是将来当个科学家，尽管其实都不知道科学家是干什么的。只有康子新涨红了脸说："我的梦，梦想是，是，当，当，当一个，播，播音员。"

自然引来全班的爆笑。

在那些同学的记忆里，这大概都能算作一个经典的笑话了。

康子新的脸越加红了，额头上汗涔涔的，他握紧了拳头，只觉得眼角湿嗒嗒的。从同学们的笑声里，他读懂了他不配拥有这样奢侈的梦想。

2

没有人告诉他该拥有一个什么样的人生，也没有人告诉他怎样才能拥有渴望的人生。少年时代绮丽的梦想他只能小心翼翼地包裹起来，一旦被人洞见便成了觊觎奇珍异宝的盗贼，人人得而诛之。所以，他和大多数同学一样，小学到初中，再到高中，再考大学，走上一条如此平凡又如此艰难的成长之路。

康子新生活中最大的幸福便是每天晚上睡前的时光，仍然是听那些悦耳动听的声音，当然，爷爷的小黑匣子已经绝版，被更新换代成了更先进的MP5，甚至后来的网络电台。他每天听到入睡，他甚至梦到过自己是那个多彩世界的一分子，对全世界或温声细语，或侃侃而谈。可是睁眼醒来，又被打回现实，他仍然是那个拙嘴笨腮的胖子。

所以，沉默是金。

康子新在大学二年级的时候喜欢上了当时的文艺部长李乔恩，她是个漂亮的朝鲜族女孩，能歌善舞，能讲一口流利的韩语，所以喜欢她的男生可以排成一个加强连。听说每周都有去跟李乔恩表白的，大都灰头土脸而归。

康子新也想去找李乔恩表白，他还认真地准备了好几天，辗转反侧睡不着，在心里背得很熟，也已经准备在那个周五的傍晚时分去向她隆重表白，顺便请她吃个饭。

很幸运地，他在去她宿舍楼的路上便遇到了李乔恩，她正巧一个人背着背包走过来。看见他，李乔恩微笑着打招呼："嗨！康子新，你怎么跑女生宿舍这里来了？来找谁呀？"

康子新脑子里大概没有预设过这样的场景，跟他想象的完全不同。他一着急便说："没，没，不找，谁。"

李乔恩笑了，说："哦，还保密呢，那我不问了。我先上楼了，拜拜！"

康子新想说："嘿，李乔恩，你等下。"可是他的节奏实在是太慢了，只说出了一个"嘿"字，那个俏丽的背影才没耐心等他说完，早已经跑进楼里没了影，只剩下他一个人站在那里懊恼地挠挠头发，落败而归。

表白这事也是需要一鼓作气的，康子新后来又试了两次，但是总找不到合适的时机，能够让李乔恩安安静静地听他把那一堆表白的话一字一句地说完。因为，那实在是一件太费时间的事了。

当然，后来女神李乔恩有了情投意合的男朋友，是他们上届的学哥，学校辩论队的主辩手。

这个结局难道不是专门为了打击他的吗？他普通话标准测试考了两次才勉强过去，他的外语口语更是带着鲜明的个人标记，李乔恩这样的选择让他的玻璃心碎了一地。

所以，后来直到毕业，康子新都避免见到李乔恩，看见了也目不斜视绕路走，实在躲不过去就漠然擦肩而过。

冷漠也有好处，那就是成了高冷一族。虽然他说话不给力，但是锻造了不凡气质，也是不错的结果。所以康子新对"外强中干"这个词深有体会，外表冷峻，骨子里都是别人看不懂的心虚。

3

大学那几年康子新特别想谈恋爱，可是经过李乔恩事件之后，他明白了，以自己目前的实力是难以征服一个心仪的女孩的。所以无疑是应该提高自己的实力，可是他这口吃的毛病是经年恶习，已经积累成疾，想立刻根治哪那么容易，况且学业又忙，终究还是浑浑噩噩地将自己蒙混了过去。

如此，大四毕业，康子新和许多同学一起奔赴大城市，去寻梦。虽然很多人还是如小时候一般根本不知道真正的梦想在哪里。

康子新的工作自然是找得不顺利，因为面试一关很难过去。所以在屡屡受挫之后，他好不容易屈尊去了一家很小的电玩公司做新产品研发。这个工作做起来自然是得心应手，因为不需要交流，只需要他在单独的空间里搞研发。可是没过多久他还是受到了排挤，因为领导也喜欢甜言蜜语，而他只是沉默。终于在一次聚会上，他的竞争对手明目张胆地取笑他，他愤而离席，第二天便辞了职，回了老家。

他爸爸骂他没出息，他妈妈倒是很开心，宽慰他："在小城市也是不错的，在找到合适工作以前就去林场帮你爸爸吧。"

康子新每天都去林场，爷爷早已不在，可是那些从前的岁月又一页一页翻起。他又怀念起爷爷，怀念他的收音机。

不知道哪一天醒来，他突然醒悟，其实自己从小到大的梦想都是播音。

一个遥不可及却无时不在渴望的美好梦想。

既然哪一关都过不去，那不如从头开始。

这个战役进行得非常艰难，疯狂英语是沸腾的火焰，而他对自己的训练则是寂静的冰雪。将二十几年朝夕相伴的习惯全部清除并非易事，而之后还有发音的节奏和句子的连贯。他像小孩子一样地从零做起，实在有点艰苦卓绝。

可是努力一天，他就离那个彩色的梦近一点，努力一百天，就近了不止一点。努力一年三个月，他已经能讲一口流利的标准普通话了。

一年零三个月后，康子新过五关斩六将，顺利考取了当地电视台的新闻主播一职。看着他长大的那些熟人、长辈都在怀疑，这个新的新闻主播是不是他们认识的那个口吃的小胖子。

他终于可以用一口标准的普通话流利地去谈情说爱了。即便恋爱暂时失败，也无所畏惧，因为，他爱他的梦想，如爱他的恋人。

深爱这仲夏夜色，

执念已久，星海入梦来。

且与梦想谈情说爱，

不过是一切从头再来。

我喜欢你，一直非常非常喜欢你，

可是我们不能在一起。

因为人生除了喜欢，

还有生活的志趣、向往和追求。

1

很幸运地，都欣欣曾拥有青梅竹马的感情。

很不幸地，都欣欣曾拥有青梅竹马的感情。

当然，那已经是好多年前的事了。

每当同事们对影视剧里青梅竹马的恋情垂涎三尺时，她只是笑笑。

全世界的人都无比羡慕青梅竹马的恋情，除了她都欣欣。

她的竹马此时在新加坡某豪华酒店里畅怀豪饮。而她，此刻在北京一间普通的格子间里奋笔疾书。

他们俨然身处两个世界，分属繁华与宁静。

她和他最近的一次联络是在两年前，可是他的信息她不需要关注就能随时了解，因为，他的名字叫纪良，是大名鼎鼎的AMVA地产公司纪总裁的公子，现任AMVA地产公司总经理，是地产界新秀，风云乍起，拥有几十万微博粉丝，每天的动态都被人津津乐道，更有美女如云争相关注、点赞。

如果同事们知道都欣欣便是纪良青梅竹马的初恋女友，估计她不会被暗害也会被捧杀。所以，为了自身安全，都欣欣从未暴露过自己和他的过往。

其实，很多事她自己也很难理解，为什么两个人从前那么深的感情，却渐行渐远，终成陌路？到底从哪一天起，他们走向了不同的人生方向？

2

都欣欣第一次见到纪良，是在十几年前。五岁的她随父母刚刚搬进虞园大院，父母忙着指挥搬运工从大卡车上往楼里搬东西，无暇顾及她，她跟在人群后边一个人慢慢爬楼梯时，一个胖男孩挡住她面前。

胖男孩伸出手臂拦住她的去路，冲她做鬼脸，吓唬她说："不许动，动就绑架你，不让你回家。"小欣欣一下子呆在那儿，就要哭出来。这个时候小英雄纪良横空出世，手里还拿着武器———根棒子。后来小英雄郑重地告诉欣欣，这法力无边的武器叫警棍。那小胖子显然知道这武器的厉害，夺路而逃，还鞠个躬，说对不起。

之后，小英雄就担负起了保护小美人的责任。欣欣后来才知道，那武器本是纪良的舅舅给他买的一个仿真玩具，然而在小欣欣看来，纪良哥哥顶天立地，俨然盖世英雄。

欣欣的爸爸妈妈开始的时候很喜欢小纪良，后来不知为什么就告诉小欣欣，不要总和他一起玩。可是小欣欣虽然小，却懂得不能忘恩负义，并且有纪良哥哥在，坏人通通不敢来，比如那个胖子。所以，有纪良哥哥在很安全，干嘛不跟他一起玩。

纪良经常带欣欣去他家吃好吃的。他家什么都有，冰箱里整整齐齐的餐盒，装的都是欣欣没见过也没吃过的山珍海味，还有好多没见过的水果饮料。纪良的爸爸经常不在家，他妈妈和一群阿姨在前厅打麻将，热闹非凡。所以纪良和欣欣在厨房里大吃大喝，根本没人管。两个人吃得一片狼藉之后悄悄溜出去，也无人知晓。看到残局之后，他妈妈也只是简单骂一句："这个臭小子，又带那个小屁妞回来偷吃，别的没学会，他老子泡妞的本事，他倒是自学成才。"

欣欣和纪良在窗户下边偷听，欣欣就问："什么叫泡妞？"

纪良说："我爸有最新版的《大辞海》放在书房最顶层，一直封着呢，我晚上偷偷去查查。"

欣欣上初中三年级的时候，纪良的爸爸失踪了整整一年，听说是去了澳门赌场，输了很多钱。纪良的妈妈疯了一样地每天对着电话又哭又骂，骂到电话欠费，她去缴费后，回来再继续对着电话骂。纪良不想回家看见他妈妈，就去游戏厅打游戏不回家。初中毕业的时候，纪良勉强考上普通高中。

纪良一直说他爸爸很厉害，在澳门输了那么多钱，居然又给赢了回来。所以他爸爸回来之后，受到纪良的无限敬仰，也当之无愧地成了他的偶像。当然，他妈妈也将他爸爸奉若神明，一家人又其乐融融了。他妈妈还是每天打麻将、逛街、买奢侈品，他爸爸每天忙着周旋于官场商界，笑傲江湖，打拼江山。

3

两人十五六岁开始，某种情愫已经开始萌生。

欣欣考上的重点高中在城南，纪良上的普通高中在城北，纪良在学校时见不到欣欣，就只有上学前和放学后才能看见。纪良经常以作业不会为借口来找欣欣帮忙写作业，当然，作为酬劳，纪良会给欣欣带很多精巧的小玩意和各种零食。几天见不到面，两个人更会觉得焦躁不安，心里失落。

欣欣一直憧憬将来的纪良会有所成就，也一直期待长大，很想看到他们彼此长大的样子。

可是在高二那年，纪良给了欣欣重重一击。

秋天将尽的时候，欣欣好几天没见到纪良，听大院里的爷爷奶奶说，他聚众赌博，被拘留三天。

欣欣的脑子如同被轰炸，嗡嗡作响。

原来，是临近学期末，纪良在家里举办了个party，请班上的同学来happy。那一天恰好他妈妈爸爸不在家，深夜，为了尽兴，纪良跟他们甩起他妈妈的麻将，开始只是玩乐，后来就变成了赌博。喧闹声惊扰了邻居，有人举报打了110。据说，警察推开门的时候，男生们的脸上都贴着纸条，画了胡子，有的同学输得只剩下一条短裤。

欣欣很震惊，生平第一次开始审视这个如此熟悉的男孩。

"纪良，你太让我失望了！你能不能好好学习？"

欣欣很长时间都没再理纪良，纪良几次三番承诺说："我会好好学习的，欣欣，我错了。"

欣欣终于跟他和好如初，却警告他："不好好学习，将来我就不再理你。"

十八岁的那年夏天，欣欣比同龄人收获都多。

她不仅如愿考上了理想中的名牌大学，并且收到了一枚华贵的戒指，那是纪良沉甸甸的心愿和承诺。

尽管他们青梅竹马，彼此熟悉到不能再熟悉，喜欢到不能再喜欢，可是，幸运还是让她措手不及。

戒指实在沉甸甸。

"欣欣，你答应嫁给我好不好？我们先订婚，可以等到毕业再结婚。"

不知为什么，欣欣惶恐不安，匆匆跑开。

一定是冥冥之中便已经知晓，他们终将背道而驰。

4

我喜欢你，一直非常非常喜欢你，可是我们不能在一起，因为人生除了喜欢，还有生活的志趣、向往和追求。

我知道你能给我最优越的生活和最大的浪漫，可以带我周游世界，体验各种风土人情。这些幸福很昂贵，很多人得不到，而你都能给得起。

可是我向往的是，那个人能和我携手奔赴相同的目的地，一路风雨兼程，同舟共济。我们的梦想在同一个彼岸，我们共同缔造梦想家园。那种更高精神层面上的浪漫，才最为甘甜。

我所向往的是无价的，可是你的世界里没有。

所以，我们终将不再有交集，走向异方。

时隔今日，他们就像遥遥相望的两个星球，各自运行在自己的人生轨道上，再也无力去相聚。

若问欣欣，是否怀念那些旧时光?

当然，答案是肯定的。纪良曾伴随欣欣整个童年和青春时光。

可是，奈何人会成长，会有自己的人生坐标。

旧时光只能搁浅在岁月深处，人生路遥遥，只能奋力向未来奔跑。

我已刀枪不入，来抵万劫不复

岁月无情，青春凛冽，
她早已练就绝世武功，
来抵挡这人世间的酷暑寒冬。
风雨兼程，不问归期。

"总有一天，不是自杀便是杀人。"

这样一则微博签名任谁见到也会被吓一跳。

所以当看到这行字时，我有些惶恐，仿佛看到了她年少多舛的人生，也预见了她可怕的未来，立即便去跟闺密说，她的这个中学同学心理状况堪忧，保不准会有过激行为，实在需要去看看心理医生。

所幸，闺密说我看到的那个微博账号已经是她同学废弃了两年的账号，她同学的新微博签名是"既然选择了远方，便只顾风雨兼程。"

我有种如释重负的感觉油然而生，这实在是件值得庆幸的事。

可是这更让我对闺密的同学充满好奇。

1

江子墨四岁的时候，她妈妈带她离开了爸爸。五岁，她有了新爸爸齐宁，她叫他为宁爸爸。宁爸爸带来一个妹妹齐娇。齐娇长着一双很精明的眼睛，处处跟她作对。妈妈好像很怕这个宁爸爸，两个小孩常吵架，受责骂的却总是她。自从有了宁爸爸，子墨觉得妈妈就变成后妈。

子墨上高中的时候，不知道为什么漂亮如瀑的长发开始出现了白头发。妈妈带她去看医生，医生说是高中学习压力过大，她体内又缺某种微量元素导致的，多吃些谷物和粗粮就好了，并无大碍。可她总是觉得那些头发是一夜之间变白的，没有给她任何心理适应过程，她实在感到恐惧。她剪掉辫子，留起短发，医生说这样有利于毛发生长。可是她对未来的渴望也随着那些落下的长发一寸一寸地坠落。她开始自卑，开始嫌弃自己。

此时，她甚至羡慕起身材有些肥胖的齐娇来，毕竟，众人皆知胖妹子可以减肥，有药可医，而对她来说，此刻的自己似乎已经得了不治之症。当然，是死不了的不治之症。

齐娇很胖，一看就是被宁爸爸宠大的，即使父母离异也没有对她的心情影响太多。她不只拥有宁爸爸的爱，子墨的妈妈又将对自己女儿的爱分给了她一些，所以，齐娇总是骄傲的，对子墨很不友好。她不止一次地当面骂子墨是小狐狸精。可是，狐狸精是漂亮的，不是吗？那是不是说，其实齐娇心里是很嫉妒她的漂亮的？凶巴巴的齐娇想夺走子墨的一切。自从子墨有了白头发之后，齐娇很是幸灾乐祸，连看她都是斜睨着眼。

后来，不知道是哪一天，子墨在理发店门口被一个刚走出来的漂亮阿姨撞了一下，她的脑子突然就开了窍，跑进了这家理发店，将头发染成了最时髦的棕红色。

她这一壮举自然是引起了轩然大波。老师因为知道之前她头发的事情，便没有追究。她妈妈狠狠训了她一顿，之后她跑去外面找了个角落痛哭了一场。她回来的时候眼睛红红的，妈妈又仔细打量了她一番，说："好吧，还真挺漂亮的。"

齐娇见到子墨就尖叫起来："学校里不让染发的你不知道吗？你是不良少女！"子墨暗笑："难道不是因为这样的我更漂亮了吗？"

那一刻，她觉得自己一下见到了1949年解放区的天。

学校里开始有人效仿她，剪短了头发，染成更鲜亮的浅棕色，又酷又拽又漂亮。

江子墨从那个时候开始，身上突然多了一种叫自信的东西。

2

子墨一点都不喜欢那个家，不喜欢看妈妈唯唯诺诺的样子。宁爸爸的优点是比较慷慨，在经济上从不跟她们母女计较。有时候她会觉得自己像个乞丐，也会觉得是自己害得妈妈像个乞丐，乞求别人的怜悯同情，供养她吃喝，供养她上学。她想，妈妈是自己拿不出她上学的费用，所以才这么巴结他的吧。

所以子墨比谁都盼着能考上好大学，一个离家要多远有多远的大学，考上大学她就步入了成年，可以获得自由，不再回到这个别扭的家。她愿意吃很多很多苦，做很多很多工，攒出学费，一边读书一边工作。那样妈妈就可以解脱了，就不必再看宁爸爸的脸色，不必像侍奉公主一样哄着他那个不懂事的胖女儿。

她的头发染得很频繁，因为新长出的头发都是白色的，非常刺目，刺得她睁不开眼。那个时候她心里万分感激染发剂这种东西，虽然专家医者都在告诫人们染发剂多么有害，容易造成皮肤癌，可对她来说，那是唯一能拯救她的世间奇药。

子墨考取的是一个二本大学，离家几千里，妈妈絮絮叨叨地埋怨实在是离家太远了，可是她很满意，天高任鸟飞，此后，她将飞出牢笼，去到自由天地。

上了大学之后，她仍然是很特别的一个。很多同学家境优渥，到了大学便开始享受青春，享受人生，可是她开始自己艰苦卓绝地奋斗，给小孩子做家教，给保险公司发传单，给打印社计时打字，甚至到学校附近的超市帮忙。她虽然很累，拿到工资的那一刻却是满心欢腾，毕竟，她已经能用自己的劳动所得承担起一部分生活费，至少可以减轻妈妈的压力，至少妈妈可以少看几次宁爸爸的脸色吧。

子墨上大学半年以后，她的爸爸才来看她。已经很多年不见，他却风采依旧，对女人仍然有不可抵御的魅力。她爸爸塞给她一张银行卡，说是对她考上大学的奖励。子墨只是笑笑，突然觉得他很陌生，比宁爸爸还陌生，不知道该跟他说什么。她送爸爸到学校大门口，瞥见那辆等他的豪车，里边坐着个漂亮女人，女人怀里抱着一只慵懒的猫，伸出一只玉臂，冲他嫣然一笑，亲昵地喊他："好了没有啊？"她爸爸便说："我得走了，你好好读书。"然后，他匆忙奔向那女人，上了车。车子远去掀起尘埃，迷了子墨的眼。她揉揉眼，摆弄着手里的银行卡，她不知道该感谢他第一次这么大手笔，还是该憎恨他给予她的与众不同的人生。

3

半年之后，子墨有一天忽然发现自己的白头发不见了，新长出的头发是黑色的。她难以置信，以为是逆光看不清楚，用手机自拍了头发，将照片放大，再放大，她看着新生的黑发突然间就哭得泣不成声。

谢蔚然说："知道为什么白发不见了吗？那是因为我的威力，我是来拯救你的。"那时候谢蔚然每天跟在她身后求她做女朋友，子墨总觉得让女生垂涎的他只是开她的玩笑，他怎么会喜欢她呢？追他的女生多得都可以跳广场舞了。可是那一天，子墨依偎进他的怀抱哭了好久，她实在是觉得心里的极度喜悦需要有人来分享。

可是，乐极生悲，她接到了宁爸爸的电话，她的妈妈被诊断出肿瘤。子墨踏上火车之后突然觉得这个火车开得实在是太慢了，她到这么远的城市来上大学实在是个天大的错误。她才想起来，她已经很久没有回家，很久没有给妈妈打电话。她带上了所有的钱，包括那张银行卡。子墨赶到的时候，妈妈已经做完手术，还好发现得早，肿瘤不是很大，被顺利切除。可是子墨的心突然就多了一个很大的洞，似乎怎么都不会被填满。

子墨的妈妈醒来第一句话便是："子墨，妈妈对不起你，让你受了很多委屈。还以为这些话来不及告诉你了，真好，还能说给你听，妈妈很爱你，请你原谅妈妈。"

子墨本来想表现得坚强些，可是眼泪根本不听话，一直流一直流。

宁爸爸对妈妈还不错，小心翼翼地给妈妈喂粥喂汤，这么多年子墨还是第一次看他对妈妈这么用心。子墨自己也没想到，就脱口而出："谢谢你，爸爸，妈妈就拜托你了。"

子墨下火车的时候没想到谢蔚然来接站了。谢蔚然看着她核桃一样的眼睛什么也没问，就只是紧紧抱住她。

4

接下来的日子非常难熬，子墨经常做噩梦，梦见妈妈被人追杀，被人扼住喉咙。她好不容易等到"五一"放假，提前翘了课便匆匆赶回家去看望妈妈。这次有谢蔚然陪她一起，子墨想，如果妈妈看到女儿长大了，恋爱了，她一定会很高兴。

谢蔚然的到来的确是给了子墨的妈妈一个很大的惊喜，不只如此，他的到来还掀起了不小的波澜——因为放假，齐娇也回了家，于是遇到了谢蔚然。子墨清晰地看到她眼神里闪耀着灼灼的光泽，子墨的心不由得下沉，从小到大，子墨的东西就没有一样是齐娇不想抢的，这次也毫不例外。

子墨猜对了，当着她的面，齐娇就公然来抢。她围着谢蔚然转圈，之后谄媚地贴近他的脸说："我差点以为是吴彦祖来了，帅哥，我喜欢上你了哟！"

未料，谢蔚然笑笑说："你是小妹吧，你认错人了，我可从来都不会认错，我只认得子墨。"

齐娇一脸讪笑，灰头土脸地扭身离去，末了还没忘了送子墨一个大大的白眼。

如果要给男朋友打分，子墨会给谢蔚然打一百分。大学四年，如果没有谢蔚然的呵护和温暖，子墨不知道自己一个人如何在那些凄风冷雨中度过。可是，到了大四毕业季，谢蔚然的家里安排他去国外继续读研深造，谢蔚然百般不情愿，子墨怕耽误他前程，还是劝他去了。

两人一别便是三年，远隔海角天涯。

谢蔚然在大洋彼岸象牙塔里继续深造，江子墨在大城市里每天挤地铁公交，穿梭于钢筋混凝土高大建筑群，在格子间里加班到深夜。

两个星球各自自转，都说交集无期。

可是，如今的子墨已经是位出色的摄影记者，无论是摄影作品还是采访报道，都有独特的视角，她已经受到越来越多的关注。

岁月无情，青春凛冽，她早已练就绝世武功，来抵挡这人世间的酷暑寒冬。

风雨兼程，不问归期。

听说，谢蔚然回来了，就在立春那一天。

昨日霓裳遥寄旧时光

谁种下酣梦，我爱上梦中的你。

谁唤我醒来，你不是曾经的你。

叹四月裂帛，已然万物生长，

花开荼蘼。

四月，是一个向旧事说再见的时节。

正如简祯所言，四月的天空如果不肯裂帛，五月的袷衣如何起头？

2014年4月，高城把这句话作为座右铭。

1

高城的整个青春，都和安乔这个名字绑在一起。

安乔，光听名字就知道是个漂亮又个性十足的姑娘，而见到她本尊，即便你是跋山涉水远道奔波而来，也会觉得的确不虚此行，不会生出一点点的失望。

彼时的安乔吸引人之处不仅仅在于她的美丽，更在于她是学霸，当然，如果哪个少年同时拥有这两种优势，必然多了一种叫高冷气质的东西，就如同药物本身携带的副作用。

不知道高城是哪一天开始潜入安乔的视野的，也不知道从哪一天起，高城成了全班男生中最嚣张的那一个。

说他嚣张一点不为过，因为他其实就是个爱吹牛的疯子，他总是自吹自擂。

他说他爷爷操纵全省的整个股票市场，其实他爷爷只是股票大厅管理电子大屏幕的。他说他妈妈是某个高级美容机构的董事长，其实是某个美发店的店长。他吹牛说他爸爸是省委秘书之一，家里的座驾是加长宾利，其实他爸是给省委秘书开车的司机。他吹牛说他家住在省委大院，其实他家住在省委大院边上的小区。

总之，他说的话都能跟事实扯上点关系，但是又都谬之千里。

他真是令人赞叹的天才！

他的伪装不仅限于语言，还有行为上的欺骗。

那个年纪的学生衣着是受到家长严格控制的，所以大家都对高城穿的当季新款运动衫和限量版的耐克鞋子垂涎不已，因为那样高档的鞋子要几千块大洋，很少有家长会给孩子买那么奢侈的东西。所以大家都没见到真的，便没有对比。终于，有个同学亲戚家是做运动品牌的，在某一天这位同学搞清了事实真相，原来高城穿山寨版由来已久，那鞋子以假乱真，也蒙骗了大家好久。

从他的山寨版名牌被揭穿之后，有善于思考的同学开始对他的尊贵身份表示了怀疑，放学之后跟踪他，发现他到了省委大院之后并没有进去，而是拐到旁边的那个小区——他显赫的家庭背景终于被拆穿了。

不过，这等打击丝毫不能影响高城极强的表现欲。他很有本事，在课间大家自动聚拢来听他讲笑话、讲新闻。可是他虽然在讲着笑话，漫无边际地谈天说地，他的注意力其实都在第一排靠窗的安乔身上。

在禁止早恋的年纪，他喜欢上了这个少女。

2

那个时候的喜欢，也仅限于喜欢。她的一切看起来都令人向往。

学霸都是高冷的，安乔心无旁骛地学习，对所有外界的干扰自然是目不斜视，高城也就只能用大嗓门来引起她的注意。

或者，他会在经过她书桌的时候佯装不小心碰掉她的书本，再殷勤地给她拾起来，近距离地看她的长睫毛和抿起来的嘴唇，心里如同小鹿乱撞，沾沾自喜。

而大家都知道他的企图。

后边有他的死党在屏住呼吸远远地看戏，等他站起身走向他们的时候，通常他都会挺起胸膛，像刚打完一场至关重要的战役，载誉归来，迎接他的是竖起的大拇指代替鲜花的致意。

可是这隆重的戏码他们也只是在背后演一演，像无声的哑剧，在学霸小主面前，他绝不敢轻举妄动。生怕哪里有过失，拂了小主的意。

高城那么喜欢安乔，却只敢遥望着她。

虽然高城仍然是全班最嚣张的那个，但是其实他心里毫无底气。好不容易编造的豪华背景被揭穿之后，他在安乔面前便更是心虚。可是安乔从来没多看他一眼，有时候他很怀疑，她究竟知不知道他被拆穿这件事。

从高一到高三，毕业报考前高城查了日历，他总计喜欢了安乔1095天，26280小时，94608000秒，除去每天8小时的睡眠时间，这些时间的净长度也在17520小时。他还有个日记本，里面记录着有关安乔和他的大事记。

比如，某天，安乔给他讲过一道题，当然，是班主任老师安排的一帮一，他自然是那个被帮扶的对象。高城特别感激老师，给他安排了可以近距离接触安乔的机会。不过他还需要压抑住自己的狂喜，因为怕老师发现他内心的秘密。

日记本里还记录着一些小事，比如，某天，他曾帮安乔收作业，安乔回赠给他一个感激的眼神。这些细微的小事，在那漫长的学海无涯里，都是惊天动地的大事。

可是后来他才知道，那也确实不过是小事，真正的大事还未登场。

3

安乔自然考上了重点大学R大，高城偷看了安乔的报考志愿表，虽然很有自知之明，不可能考上安乔的大学，但是他可以去她读书的城市。

这个阴谋果然得逞。高考成绩下来的时候，高城的妈妈有点后悔，儿子发挥超常，报的有点低了，可是高城宁愿去安乔的城市读二本，也不愿意去别的城市读一本。不是有句话说吗，爱一座城，是因为爱一个人。那刻起，他就觉得R城连空气都是彩色的，哪儿哪儿都好。

上了大学，就算成人，高城终于可以自由了，终于可以从紧箍咒下解脱出来，堂堂正正地恋爱了。深知高城暗恋安乔的苦楚，那几个哥们都怂恿高城去向女神表白，他们甚至比高城还急不可待。可是高城想等等。

他总觉得自己会被安乔一眼望穿，从前的自己太不体面了，吹牛大王加撒谎大王。他想改变一下自己的形象，总得变得优秀一点才能配得上安乔那么出色的姑娘。

高城甚至好长时间都没有去打扰安乔。在同一个城市，同一片蓝天，同样的空气，在下雨的日子，我在城市的这端思念那端的你。他经常这样陶醉在诗意里，觉得这样的日子也很浪漫，他已经报了好几个社团，先磨炼下自己，希望再见到安乔时，给她个小小的惊喜。

可再见面时不是他给安乔惊喜，而是安乔给了他一个巨大的"惊喜。"

同在一个城市读大学的高中同学寥寥无几，所以，周建生日那天，同学们都去了酒店给他过生日。这样的场合，自然是要和安乔再遇，所以高城那天特意穿得很气派。高城到的时候，安乔还没到。他喜欢安乔的事已经是公开的秘密，大家鼓励他今天一定要揭竿而起，表白成功。高城满心的喜悦，跃跃欲试。

在大家的期待中，安乔终于来了，却不是一个人。

"给大家介绍一下，这是我男朋友，是我师兄加偶像，R大一级学霸。"

大家看看安乔的男友，又看看高城。

高城眼中的火焰已经熄灭，他只是尴尬地笑，安乔自然是要找学霸的，这叫惺惺相惜。门当户对果然是有道理的。

安乔似乎亲民了一些，在席间还给男友夹菜。难怪张爱玲说，爱情使人低到尘埃里，安乔倒没低到尘埃里，却已经走下神坛。可是高城心里的悲伤在升腾。

到底还是迟了一步。

她似乎等不及他变得更好，或者，他变成什么样子根本与她毫无关系，因为，她从未把他放在心上。

从始至终不过是高城一个人导演了那么盛大的一场戏，可是只有他一个人在舞台上，在聚光灯下精彩地表演，自己还浑然不觉，以为多么感人。围观的人那么多，却单单少了最重要的女主角。女主角从来都没有来过这里，从来没有。

不过，她快乐就好，快乐就好。他也不过是想给她快乐。

高城甚至还举杯祝福了他们二人爱情甜蜜，回去之后，他狠狠打了自己嘴巴，他其实根本没那么大方。

4

高城颓废了一阵子，后来又觉得他必须活得让自己瞧得起自己，便逼着自己又勤勉学习，读些书充实自己，课余的时间去做些兼职。

听说安乔和男友分手的消息已经是两年之后，他听到消息就坐立不安，安乔的情绪一定很糟糕，应该是最脆弱的时候，他犹豫再三还是去看她了。

安乔并没有如他想象那般难过，只是更加少言寡语，她说她现在很讨厌男人，都是当面一套背后一套，男人都是靠不住的。

高城也不知道是为了让她不要对爱情失去信心还是为了安慰

她，便脱口而出："安乔，别这么想，我会一直喜欢你的。"

话说出来，两个人都愣在那里。

高城突然就变得拙嘴笨腮，不知道接下来说什么。反倒是安乔打破了僵局说："高城，还那么贫嘴。"

不过，他的心意安乔已经收到，那是沉甸甸的多年的情意。

可是，没过多久，高城听说安乔又有了新男友，一个外国留学生。高城不想再坐以待毙，他不知道上次吃饭时说的话安乔听懂了多少，他不能再失去机会，便去找安乔表白。

已经积攒多年的爱恋如岩浆般喷发，声势浩大，可是他汹涌的爱只淹没了他自己，安乔只是平静地笑了下："谢谢你，高城，其实你喜欢我这事我早就知道，可是你能给我什么呢？我是一定要出国的，这也是我一直奋斗的目标。我是不甘心一辈子在国内的，并且我也不甘心到国外去端盘子。而我恰好遇到了杰克，他在这边留学，我可以帮他学习汉语，而他也承诺我会为我办好将来在那边的一切。"

高城当然希望她能实现她的愿望，只是，这个杰克未必是《泰坦尼克号》里边能够在死亡边缘将露丝推回生命之门的那个杰克。

他心里的那个女神已经远去了。

他觉得自己受到了空前的打击，这不仅仅是失恋的打击。

他在想，到底是他的成长之路走错了，还是她的成长之路走错了，总之，他们从此不能再并行。

他曾努力赶超她，飞到她的高度，可是等他站在华山之巅，却发现找不到她的踪迹。他在怀疑是不是她从未到达过那里。

他是不是被自己的臆想侵害，被它蒙蔽了那么多年。

这是对他最大的伤害。

不过，他也会想，如果不是被蒙蔽，他后来也不会在自己的人生路上走得无畏而坚强，还是要感谢她，曾给他无限遐想，这些遐想陪他度过那么多烂漫的青春好时光。

谁种下酣梦，我爱上梦中的你。
谁唤我醒来，你不是曾经的你。
叹四月裂帛，已然万物生长，
花开荼蘼。

每个女孩都有一抔星光

满天的繁星，
掩藏我点点的秘密，
夏日的蝉鸣，
吟唱我对未来的希冀。
Dream, dream,
every day has a dream, has a dream,
总觉得，有梦好甜蜜。

"原谅我这一生放荡不羁爱自由。"

许多多第一次注意到余渺，便是因为这句歌词。这是余渺的企鹅签名，想必他也是喜欢Beyond乐队的这首《海阔天空》，那么他们有同一个偶像喽，许多多莫名地感到了亲切。可是入学一个多月，许多多都没有在班级见到这个叫余渺的同学，在班级企鹅群里，他几乎没有上线过，他的头像总是灰色的，有时候班干部发些通知，所有人都回应，他也毫无回应。甚至有一次一个男同学问："这个人到底是不是我们班的？不是的话群主给他踢出去吧。"

可是莫名地，许多多就对他感兴趣。

1

许多多是个微胖的姑娘，不过，她执着地不肯减肥，吃任何东西都不扭捏。她说：“我准备证明一条真理——理想很丰满，现实也很丰满。”她的同桌宋歌是个戴眼镜的北方男生，每次听到她和同学这样嬉闹就会嫌弃地看着她说："自恋。"

管得着吗？我就是我，不一样的烟火！跟女生斗嘴，男生百分百输，宋歌绝不会是例外。

这等鸡毛蒜皮的小事许多多并不放在心上，她的心里一直关心着一件大事，那个余渺的座位从来都是空的，有关他的任何只言片语她都好奇——他是个什么样的同学呀？这么神秘。

之后的那个周五，余渺终于现身了。

那天早上许多多跑步回来便去了教室，时间还早，教学楼还很安静。407教室的门是虚掩着的，许多多轻哼着歌推开门，迎面便见到一个男生坐在桌前凝神望着窗外。清晨的阳光薄如蝉翼，罩在他的脸上，他的面孔清新如晨露，眼神却微微忧伤，似乎心事不小心被朝阳撞破，唯留一点点不易察觉的痕迹。

这分明是经典韩剧里男神的范儿，实在唯美。所以路人甲女生现在应该做的是立即退下，别打扰了男神，破坏了这份静谧。被惊艳到的许多多沉默片刻，就蹑手蹑脚地关上门，小心地离开。她走了几步，忽觉不对，又回头看了下教室门牌号：没错啊，是我的班级啊，我没走错啊，那他是谁呀？没见过呀！竟然胆大妄为地光天化日之下乱进教室……等等，该不是那个……余渺？天哪！许多多站在那里转了几个圈，踌躇再三还是不打扰男神了，啧啧几声跑去食堂吃饭了。嗯，那天早上她又多吃了一个馒头，因为心情好，胃口就更好。

一连好几天，许多多心情都大好，连宋歌挑衅的话她都不屑于计较了。她每天都看着余渺的企鹅头像出神，终于好奇地点开他的空间，居然没有上锁，她直接长驱而入。她一边翻一边心里不舒服起来，里面什么都没有，只有一个女孩的三张照片。女孩很漂亮，最重要的是她很纤瘦，是很多男生都喜欢的那款。所以，这女孩一定是这个余渺喜欢的人吧。空间里只有一篇日志，写的是他和一个女孩因为一只流浪猫而相识的事情。许多多又点开那个女孩的照片，觉得她长得一点都不好看，眼睛太大，嘴唇太薄，头发太长，细脚伶仃。

她关了他的空间。

2

许多多一直喜欢看小说，自从上了大学成了自由人士之后，没有了父母阻挠，课余时间便更是昏天黑地地看小说。她刚看完一部小说，翻了好几个大网站，有很多小说光看书名就不合胃口。翻了好几天之后，她突然发现了一个似曾相识的作者——半城寒烟，那个余渺的网名不也是这个吗？

好巧。

她点开了半城寒烟的小说《魔法勿忘我》。她惊讶地发现，这个半城寒烟就是那个半城寒烟，原来余渺居然写小说！自己身边潜伏着一个天才啊！

没错，就是他。这本小说里男女主角的相识是缘于一只流浪猫，和他空间里的日志是一个模子刻出来的，只不过，这个是延长版，是长篇小说，那个是日志，这个又增加了若干虚构成分和文字上的渲染，而那个是真实的记录。连那只猫的名字，彼此相识的地点，以及人物关系都分毫不差。

天哪！这是许多多第二次喊天了，在认识这个人之后。

宋歌说，辅导员要找余渺谈话，因为他长期逃课。

许多多很了解逃课的男生，因为表弟小她两岁，是学校里的逃课大王，常常神龙见首不见尾，总是对中国应试教育一副愤世嫉俗的样子，他的爸爸妈妈头疼得很。男生嘛，青春年少，叛逆又嚣张，逃课是很正常的现象。她原来以为余渺可能和她表弟一样，逃课是去网吧打游戏，原来他还可能逛论坛，还会写小说。

许多多下意识地想说点什么为余渺辩解一下，她在脑子里搜索了半天，却没能找到替他辩解的理由。总不能把写小说作为不上课的正当理由吧，况且，这是个惊天的秘密，他就是未来的天才作家，许多多还不准备和别人分享。所以她便回了宋歌一句："辅导员找他谈话，你是幸灾乐祸呀，还是郁郁寡欢呢？要不要我告诉辅导员你最近很想跟她谈谈心？"

宋歌立刻背着书包逃之夭夭。

3

许多多将半城寒烟连载的小说看了几遍，差不多已经理清了他的故事——大概就是他一直喜欢那个女孩，可是那个女孩和他分别考到不同的城市，女孩还有个青梅竹马，女孩的妈妈特别喜欢那个青梅竹马。

许多多说不清自己的情绪，每天下课第一个冲出教室跑回宿舍上网，看半城寒烟的小说有没有更新，忐忑地看着男女主角的故事发展，作为坚持正义的那个许多多，她是希望看到男主获得爱情，可是作为有点喜欢作者的女生，她又不希望男主获得这份爱情。毕竟这个男主就是作者本人嘛，爱情是自私的。她在看小说的过程中已经确定自己喜欢上了这个忧郁范儿的男神，所以心里每天都有两个小人在击剑搏斗，一个盼着故事大团圆，一个盼着故事有遗憾，打得不可开交。

终于有一天，小说的男主和女主牵手了。许多多一下子就关闭了网页，发誓再也不看。可第二天又忍不住去看，就忍着心痛，尽量跳过那些甜蜜的字眼，主要看开头和结尾。她接连好多天吃饭都没心情，宋歌问她："太阳从哪边出来了，吃这么少，减肥了？"

许多多那段日子偷偷在企鹅上屏蔽了余渺，尽管余渺从来都没发过什么消息，但是许多多需要以这种行动来表明自己的态度。

大三的时候，余渺出现的次数多了起来，如同归隐山林已久，带着与众不同的飘逸。许多多远远地看着他，想到外星人的心究竟不是肉做的，和人类不是一个轨道的，还是离他远点吧。

又过了许久，许多多还是惦记那个小说的结局，点开去看，结果发现大结局是他们分——手——了。许多多于是又从头认真看了一遍那个小说，觉得男主好可怜，在心里把毕业后的去向改成了D城，就是在小说里半城寒烟无数次提到过的城市，他一定是很向往D城吧？

4

大四的时候，半城寒烟有半年的时间没有再写新的小说，听说他在忙毕业论文。因为他以前缺课太多，所以论文完成起来有很大的难度，曾经在企鹅群里问同学资料，反倒和同学们熟悉起来，许多多还将手里的资料给他用过。听说，他有个深爱的女友，两人分分合合的，又在一起了。

毕业之后，余渺果然去了D城。许多多没有去，她去了北京，那是她一直向往的地方。

没有人知道她的秘密，以及他的秘密。

如同电影《失恋三十三天》的编剧鲍鲸鲸那样，如果写一篇小说能够挽救他们的爱情，那实在是很值得的一件事。

毕业半年之后，有一天宋歌打电话给许多多："我明天去北京出差，顺便去看你。另外，许多多，你如果实在不想减肥的话，就算了，那我就凑合着收你做女朋友吧，这事就这么定了吧！"

或许另外一个爱情故事诞生了。

满天的繁星，掩藏我点点的秘密，

夏日的蝉鸣，吟唱我对未来的希冀。

Dream, dream,every day has a dream, has a dream,

总觉得，有梦好甜蜜。

如果这是我爱你最好的距离

历历往昔，心事旖旎。

你站在我面前，

却恍如相隔亿万光年的距离。

我如此爱你，终不敌命运的玄机。

我的山河岁月，终将离你远去。

或许这是我爱你最好的距离。

据说2012年12月12日是世界末日，那一年全世界都因为世界末日的传闻而惶恐不安。这一天也是林子乔的末日，却不是因为自然世界即将被颠覆，而是因为她的世界天塌地陷。

那一年子乔有两件大事。

一件事是她被烫伤，另一件便是高俊又有了女朋友。

1

其实高俊有女朋友这件事子乔一点都不稀奇，相识几年，她就没见高俊形只影单过。大学四年，高俊有过三任女友，可是这三任女友和高俊的关系最后都土崩瓦解，只有子乔和高俊的友谊屹立不倒。

高俊自己也认为和子乔的关系要比任何人都铁。子乔就像是他的专属树洞，装满了他的各式秘密和花样吐槽。那可怜的三任女友永远也不会知道，子乔对她们的缺点模事如数家珍，好在子乔是个沉默的树洞，高俊装进去的林林总总，子乔从来都寂然无声，大概这也是高俊特别信任她的原因吧。

第三任女友和高俊分手的理由是，向来喜欢挑战的高俊执意毕业之后要去北京。他觉得如果不能在帝都打下一隅江山，实在是对不起自己的青春。

可是，女孩是被家里宠大的，不喜欢风雨飘摇，预见到未来几年的艰辛，千般不舍万般不愿地跟高俊说了分手。

高俊潇洒地挥一挥衣袖，道声珍重，莫道前路无知己，天下谁人不识君。

知己一直都不缺，可也就那么一个，就是林子乔。

子乔一直都是高俊志同道合的伙伴、搭档、最亲密的死党。最亲密，却无关风月。

既然志同道合，所以不用问，子乔的志向也在北京。更何况，子乔的舅舅是北京某文化研究所的所长，在文化界是个举足轻重的人物，她来北京发展当然是件很不错的事。

2

高俊一直瞄着GR文化公司，作为包揽国内文化娱乐市场几乎三分之一的顶级文化品牌公司，门槛高是意料之中的。高俊参加了两轮考试都没能被录用。子乔倒是顺利地通过了某报社的入职考试。

那一天傍晚，子乔哼着歌回到公寓，她踩着高跟鞋登上逼仄的楼梯，就见昏黄的灯下有个人蜷着身子靠坐在她家的门口。看起来已经等了她很久，靠在那里睡着了。

一向桀骜的他什么时候变得如此饥寒交迫，子乔眼窝有点热，蹲下身看了他一会儿，摇摇他的胳膊："喂，这谁家的公子，这么亲民，不怕弄脏了你的衣服和裤子？快起来，口水都漫了金山了。"

高俊睁眼看见她就苦笑了，像小孩子一样伸出胳膊抱住她的脖子撒娇："子乔，我考试又没过去，难过得要死了！"

子乔愣了几秒，双手下意识地就要环抱住他的腰，犹豫了刹那，终于还是只轻轻拍了拍他的后背说："这么高的个子，不顶天立地，在这里跟人说难过，你不害臊我都替你害臊。"

高俊立刻放开她，站起来说："子乔，我饿了。"

子乔开了门，立刻跑去厨房，一边还冲他喊："就你馋。你等着，我记得还有羊肉。"

没一会儿，子乔找到一个电热锅，放到茶几上，将洗好的青菜和羊肉下锅，又去冰箱找来调味蘸料和啤酒。高俊心头的阴霾似乎都随着火锅上的腾腾热气消散而去。子乔拿起酒杯跟高俊撞了一下，刚要说话，只听一声巨响，那茶几突然断裂炸开，火锅倾倒，锅里的热汤热菜全部倾洒而出。随着那锅滚落到地上的响声，高俊听到了子乔惊恐的高声尖叫。

那锅里的热汤泼在了子乔裸露的脚面上，她的脚面瞬间起了巨大的泡。

"子乔！"高俊惶恐地看着子乔已经红肿起泡的两脚。

"啊……我忘记了，这个茶几是玻璃的，电热锅直接放上去，温度过高，茶几是会炸裂的，我忘记了应该垫个隔垫。"子乔一边疼得落泪一边艰难地说。

"我送你去医院！"高俊匆忙抱起子乔去了烧伤医院。

医生给子乔做了处理和包扎，子乔的双脚都被缠上了厚厚的纱布，不能穿鞋子，需要卧床至少一个半月。

子乔的脚钻心地疼，疼到夜里睡不着觉，两只脚像被架在火山上烤，像被浸在辣椒水里泡，脚上不能盖被子，因为会碰到伤口，她不能侧卧，因为会碰到伤口。

子乔甚至好几次梦到自己变成了刘胡兰，面对敌人严刑拷打威武不屈，梦里还在自己赞叹自己，真是中华好儿女。

可是子乔在卧床的第二天，就给舅舅打了电话，舅舅两个小时后就赶到了，看见她这副惨样子说："乔乔，你都大姑娘了，怎么还这么让人操心，就不知道小心点吗？"

子乔抹着眼泪说："舅舅一点都不疼我，我都这样了，还责怪我！"

舅舅一听心就软了："别哭，乔乔，搬到舅舅家去吧，你舅妈可以照顾你。"

子乔一边哭一边说："不用了，舅舅，求你帮我个忙，我的一个好朋友一直想去GR文化公司，考试两次都没过去，你那么厉害，能不能想个办法让他进去？"

舅舅黑了脸："你以为那是你舅舅开的公司吗，我想让进就能进？"沉吟了片刻，他叹息一声，"好吧，GR文化公司老总跟我很熟，我问他下还有没有用人的部门，看能不能再给他一次考试机会。"

子乔兴奋得差点从床上跳起来，双脚剧烈地疼痛以示抗议。

第二天中午，子乔便接到了高俊的电话："子乔，告诉你个好消息，今天一大早GR文化公司人事总监居然通知我去参加策划部的考试，结果你猜怎样？我刚回到家他们就发来通知说考试通过，我三天后就可以正式上班了。策划部啊！天，子乔，我说过的，我将来一定会有所成就的。晚上我去看你，哥哥请你吃大餐！"

放下手机，子乔由衷地笑了。

3

高俊忙了起来，显然非常喜欢这份工作，也非常珍惜上天给予的机遇。有时候他来看子乔还带着笔记本电脑，一边陪子乔，一边写草案。

好些时候，子乔甚至感受到了相濡以沫。

这是不是算静静的守候？

其实子乔已经守候了五年，只是高俊从未发觉。

子乔脚上的伤在慢慢痊愈，高俊的工作已经步入正轨，有时候会加班，来看她的次数缩减了很多。但是每天高俊都会打个电话给子乔问候她，子乔便觉得心满意足。

卧床第四十天的时候，脚伤已经基本痊愈，子乔急于获得自由，便自己拆掉纱布，想出去走走。却未料，双脚根本不能落下地。那种钝钝的胀痛如坠千斤巨石，难以名状，忍着痛试了好多次，子乔终于勉强站立。她试着走路，摇摇晃晃，在已经被这脚伤软禁多日之后，终于可以踏出房间，去寻找阳光。

她一路蹒跚，一路欣喜。

久违的车水马龙，久违的树木和花枝，久违的喧闹，子乔满眼的喜悦。她突然想给高俊一个惊喜。

子乔拦了辆的士，直奔GR文化公司。正值中午休息，GR文化公司大门口人来人往。子乔正在踌躇要不要给高俊打个电话让他出来一下，一眼瞥见公司旁边西餐厅的玻璃窗里有个身影如此熟悉。

是侧影，眉目如画，清俊潇洒，被金色阳光笼罩，他的脸庞更加具有一种耀眼的光辉。真的是高俊。

子乔心里一喜，却转而变得阴郁。

高俊对面坐着个一字眉姑娘，那姑娘嘟起嘴，拿起筷子，将面前盘子里的什么东西夹起来就塞到高俊的碗里。高俊笑着伸出一只手，捉住桌对面那姑娘的玉手，深情地吻了吻。

子乔清晰地听见心里有什么东西砰然碎裂，声响巨大，大到覆盖了外面的车水马龙和满世界的喧嚣。她心里碎裂的地方开始剧痛，痛苦迅速蔓延，直至四肢百骸。她的双脚又剧烈地痛起来，却怎么也比不上心里的剧痛。她痛得额头上渗出汗来，弯下身子，她艰难地伸手拦了辆出租车，撑着身体坐进去，勉强发出微弱的声音："师傅，景逸小区。"

那司机回头看了子乔一眼说："你是不是需要上医院？"

子乔摇摇头："我要回家。"

4

高俊隔天来到子乔的公寓，却没见到子乔，只看到她的舅妈在指挥几个人往外搬箱子。高俊诧异地问："阿姨，您这是？子乔她人呢？"子乔的舅妈瞟了他一眼，面无表情地说："哦，高俊啊，子乔去旅行了，她说想四处走走。旅行完就回老家，我帮她收拾东西寄回去，这丫头东西还真多。"

高俊哑然失声，半晌后说："可是她的脚？"

"她能走路了你不知道？前几天她不是去找你了？"舅妈很惊

讶地放下手中的箱子。

"她去找过我？我不知道啊！"高俊拿起手机打给子乔，"您所拨打的电话不在服务区，请稍后再拨……"

半个月后，高俊接到了子乔的电话。

"嗨！帅哥，一切还顺利吗？我吗？我的脚好不容易好了，重获自由当然要奔向远方，哈哈。可是我转来转去却觉得四海都不如家好，北京气候又冷又干，实在不适合我，我还是想回家了。等我下次来北京，你一定已经成就霸业了，到时候少不了狠狠宰你一顿哦。哎呀，船来了，我要上船了，拜！"

子乔已经在礁石上坐了很久，挂断手机，擦掉不争气的眼泪，站起身，迎着夕阳跑去。

高俊一直在猜测，子乔到底是因为什么没有见他，不告而别。这不像她，她对他一直侠肝义胆，他却不知道，再侠肝义胆也总有肝胆俱裂的时候。

可是，子乔不在身边，高俊却常常恍惚，他会常常期待手机铃声响起，用手刷开手机屏幕，看见来电显示，却又失望至及。他在街上看见似曾相识的倩影，会猛跑过去惊喜地拍姑娘的肩膀，却在姑娘回赠一句"流氓"和白眼的唾弃之后落寞地在那里久久伫立。

历历往昔，心事旖旎。

你站在我面前，却恍如相隔亿万光年的距离。

我如此爱你，终不敌命运的玄机。

我的山河岁月，终将离你远去。

或许这是我爱你最好的距离。

Part 2

待春日明媚，
且听清风徐来

你说你从黑暗中来，
你说你携着沧海，
我从竹林深处走来，
走进你的未来。
你看你看，
那春风已来，樱花已盛开。

清风徐来，水波不兴。

顺流而上，海阔天空。

时光会记得，失败和光荣。

而你的芳菲，便是惊鸿。

1

那是个适合分手的好天气。

一大早起来天空就黑漆漆，如锅底。颜桑榆煞有介事地看万年历，"诸事不宜。"但是一定适合分手，管他宜不宜，就今天了。

颜桑榆花了一个小时的时间一丝不苟地化了妆，如同女战士要英勇就义，在此前盛装对这个世界庄严地告别。

之后，她给乔江南打了手机。

这个天气阴郁得毫无生气，沉闷而压抑，让所有的生灵都感到惶惶然。

所以很早便酝酿的诸如"人生若只如初见"这类伤春悲秋的情怀，根本无法生根发芽。两人老时间、老地点见了面，颜桑榆只说了五个字："我们分手吧！"便转身离去。

乔江南看着她的背影庄严地离去，如同大银幕上的人物特写，觉得她特别高大。

颜桑榆在大雨倾盆的时候到了派出所，要求将自己的名字改成颜东晴。派出所的大叔瞪着眼睛看着她："哪那么容易，名字是说改就改的吗？要是想改就能改，全中国十四亿人口都来改，那还不乱套了？没事改什么名字，又不是明星，真是的！"

颜桑榆改名字是有原因的，以前就有命理大师给她占过卜，颜桑榆这个名字非常不吉利，她会在爱情上荆棘遍布。事实证明，她的确屡战屡败，在第五次遭遇滑铁卢之后，她不容置疑地认为，祸端就是自己的名字，所以她坚决要改掉它，"莫道桑榆晚"，这诗的意境她尤其不喜欢，她才不要"桑榆晚"，她要富有朝气的"东晴。"

费了一番周折之后，她还是改成了名字，从此"桑榆"变"东晴。"

2

彼时颜东晴二十六岁，身高168厘米，体重56公斤，容貌姣好，气质不凡，唯一的缺憾是有些近视，戴隐形眼镜。

是的，她眼睛近视，就因为这么一点点瑕疵，她就没能如愿当上空姐。

她近视的度数实在是高了点，已经做过近视眼治疗手术，可是还是需要戴隐形眼镜。偏偏空姐体检那天，她想让自己更漂亮一点，换了美瞳，结果不知是因为不常戴美瞳不太适应还是那美瞳度数不精确，测视力的时候没有达标。

她一直记得那测视力的帅哥看她的眼神，清晰地写着：很遗憾。

还真是遗憾，真是不甘心。

颜东晴对空姐的热爱来源于制服诱惑，她无数次梦想到自己穿着空姐端庄又婀娜的制服提着箱子款款走下飞机，在熙攘的人群中迎来人们的注目礼。每一次想象这样的场景，她心头都会有触电般的电流划过，如恋爱的感觉。所以，她对这份职业也像恋人一般难以割舍。

可是，这份职业从未属于她，最终无缘，就如同乔江南的心从未属于她，最终仍是劈腿。

3

其实颜东晴毕业于F大学经济贸易系，学的外语是俄语。毕业后大学同学一般都去了外贸公司就职，就只有她对空姐这一职业痴痴念念。她有好多天都在大街上漫无目的地游荡，就这么与蓝天、制服失之交臂实在是遗憾不已。

那天很特别，她一边踢石子一边闲散地在人行路上走。等红灯的时候，就听见一个外国男子在用蹩脚的中文跟一个出租车司机理论。那外国男子很气愤地用手指着红灯对那出租车司机说："你什么意思，这明明是红灯，你开那么快！说到激动处还夹杂了一句俄文，那出租车司机在车里被搞得很狼狈。"

颜东晴就觉得有点好笑，一个本土中国人被一个外国人指责无视本国交通规则，实在是有点丢人，她就无意间用俄文说了一句："丢人！"然后过了街。没料，在五分钟后，有人从后边跑上来拦住她的去路。她抬起头一看，是刚才那个外国人。

那男子很焦急地用蹩脚的汉语说："姑娘，你懂俄语对吧？"

颜东晴迟疑了一下，点点头："懂。"

那男子如释重负地用俄文说："可否拜托你带我去下大使馆？我的签证丢了，我回不去俄罗斯了。谁都听不懂我的话，我快崩溃了！"

颜东晴有点怕惹麻烦，踌躇间，那男子双手交握，恳求地说："拜托了，姑娘。"他连忙翻出钱包，拿出几张纸币给她，颜东晴就笑了，说："你还真是入乡随俗，中国人不都是看钱才办事。"颜东晴拦了辆出租车，带他去了大使馆，帮他重新办理了手续，他千恩万谢地说："姑娘，你会有好运的。"

不知道是不是这男子的祝福起了作用，颜东晴突然就想去国际旅行社工作，那也是不错的。

后来她不得不慨叹，上帝给你关上一扇门的同时，便会为你打开一扇窗。半个月后，她顺利通过了国际旅行社的考试，她也拥有了一套自己的制服，端庄而漂亮。

第一天下班，她没有用手机自拍，而是很正式地让同住的小姐妹给自己用相机拍了照片，她要把这崭新的一天刻在自己的生命里。

4

颜东晴怎么也没想到会再遇谭睿，在他们已经失去联系的五年之后。

其实在高中同班的时候，他们联系也不多。那时候大家都忙着准备高考，即便每天在同一个教室里，相距十几米的距离，相互也只是无声地陪伴，没有过于亲密的交集。谭睿在高中毕业之后据说去了俄罗斯读建筑，之后便杳无音讯。

谭睿正陪着一对俄罗斯夫妇办理手续，无意间一抬头，恰好见颜东晴端着水杯经过前台。那姑娘身姿袅娜不失端庄，黑眸如墨似曾相识。谭睿瞬间想起个人来。

"颜——桑——榆？"谭睿不敢确定地问。

颜东晴认出了谭睿，却想开个玩笑，便微笑着指了指胸牌，谭睿仔细一看，胸牌上的名字是颜东晴。谭睿不好意思地笑了笑，说："抱歉，认错人了，我还以为是……"之后他失望地叹了口气。大厅人很多，颜东晴本来只是想跟他开个玩笑便告诉他真相，可是他显然信以为真了，颜东晴朝四周看了下，三言两语也说不清楚，便改了主意。

她笑吟吟地点点头，着意看了下那对夫妇登记的房间号，之后，便端着水杯擦肩而过。她清晰地感觉到身后那束灼热的目光。

颜东晴心里一直在笑。时光真是魔术师，相隔五年，她已经从扎马尾的调皮女孩变成时尚佳人。举止变得高雅，容颜更加俏丽，往事已远，谭睿分辨不出她的真假也是情理之中。可是，他回国了？是回国探亲还是永久回归？

颜东晴没想到，第二天又遇见了谭睿。这一次不是和那对俄罗斯夫妇一起，是他一个人。他先介绍自己是刚从圣彼得堡大学毕业回国不久，准备写份研究报告，需要到图书馆查阅大量资料，可是因为他一直没有在国内，各种证件都是国外的，图书馆的资料他无法借阅，所以想求颜东晴帮他的忙。

颜东晴想了想便笑了："旅行社那么多人你不求，专门来求我，是来求证什么的吧？"

谭睿很淡定地说："不是，我是觉得你能帮我。"

颜东晴忽然觉得这是个很有意思的游戏，她想玩下去，便说："你就那么肯定？"

谭睿很笃定地点点头："你会的。"

颜东晴说："我帮你这个忙，我会得到什么好处？"

谭睿忽而一笑，说："我一定会好好感谢你，不会让你失望的。"

5

谭睿还真是很麻烦，接下来颜东晴每周的休息日几乎都被他占用，还占用得理直气壮。他还是老样子，中学时代的学霸品质一直延展到现在，一丝不苟地查资料，忘我地写写画画。他认真起来，整个世界对他来说都是真空的，很多时候他已经忘记了颜东晴的存在。颜东晴偶尔脑子里会想，男人专注的时候也是很迷人的。片刻闪神之后又会脸红心跳地骂自己，这是想什么呢？还是认真读小说，上学时候一直信誓旦旦地要读完的小说，这时候可以补课了。

谭睿虽然不客气地占用了颜东晴的休息时间，但是每次忙完之后都会请颜东晴吃顿大餐。因为颜东晴没去过俄罗斯，所以谭睿第一次请她是去了一家俄罗斯风味的菜馆，可是每道菜上来，谭睿都皱起眉头说不够地道，后来还很生气地说："以后带你去俄罗斯吃纯正的俄罗斯菜。"之后，两人便再没去俄罗斯菜馆，而是去吃中餐。阔别祖国五年，谭睿对中国菜怎么也吃不够，每次都赞不绝口。

颜东晴怎么也没料到，谭睿的研究报告写了近四个月，秋天来的时候，她才发现，他已经莫名其妙地占用了自己那么多的休息时间。可是，自己好像也已经习惯陪伴他，喜欢和他在一起。好多个瞬间，她想告诉他："我就是颜桑榆，跟你开玩笑呢。"可是不知怎么，两人越是熟悉她就越是说不出真相，万一他讨厌颜桑榆呢？所以，每次话到嘴边就又吞回了肚子里。

这算不算最熟悉的陌生人？

实在有些滑稽。

6

初冬的时候，颜东晴有个紧急任务需要和领导去一次欧洲，往返行程四天。谭睿已经接到导师的电话，要他早些回俄罗斯，有很多任务等他完成，不知为什么他一直没有回去。

未料的是，颜东晴一行人搭乘的航班在回程的途中遭遇暴雪，紧急迫降，没能如期返回。

谭睿看到新闻通知的时候正在吃晚饭，立刻摔了筷子拦车去了机场。机场大厅正在广播，此次航班因遭遇暴雪紧急迫降，暂时联络不上。大厅已经围满了此次航班乘客的家属，警务人员已经在维持秩序，有的家属已经开始哭泣。

谭睿开始懊悔，他还有好多话没有对颜东晴说。

他在心里祈祷：你一定要平安归来，我在等你。

不知道过了多久，听到有人喊："落地了，落地了！"

人群涌向落地窗，谭睿清晰地看到那架飞机映着月色缓缓下落，他深深地呼出一口气，擦了额头的汗，随着人群跑向接机口。

十分钟后，那个倩影出现在视线之内，他从隔离带跑进去，紧紧抱住她亲吻。

"你还好吗？吓死我了。"

"迫降的时候我在想，我还有事要告诉你，我是颜东晴，我也是颜桑榆。"

"我也有一句话要告诉你，我知道你是颜桑榆，不论你是桑榆还是东晴，我爱你。"

清风徐来，水波不兴。顺流而上，海阔天空。

时光会记得，失败和光荣。而你的芳菲，便是惊鸿。

我最好的人生，

便是跟你在一起。

岁月葱茏，愿随春风。

千许深情，白首不休。

——We are over.（我们结束了）

——No!

——We are over.

——No!

——We are over.

——No No No No No No No……

　　这丫头该有多犟，程思远说分手用的是肯定句，她否定得也斩钉截铁。

　　程思远知道他再多说也没用，这丫头认准的事，九头牛也拉不回来。按她的逻辑，分手是两个人的事，哪能他单方裁决，女王还没恩准呢！

这丫头实在难缠，为了摆脱她，程思远甚至想制造他已死的假消息。不过他立刻便否定了自己愚蠢的想法，因为这丫头完全做得出来跟死人结婚。以前他们一起看电视剧，里边有重情重义的女子抱着男子的牌位拜堂成亲，她就曾放出豪言，如果是她，也会那样做的。程思远连连摆手说："拜托，我会长寿的，千万别存这念头。"

所以，唯一的办法，他只有下落不明。

1

程思远如果当年知道会在未来的日子里跟袁小媛扯上关系，他一定不会让妈妈去那家豪宅做工。

中国人都知道"孟母三迁"的故事，程思远的妈妈便是21世纪的孟母。程妈妈一个人带程思远在小县城长大，为了儿子的学业几次搬迁。所幸程思远不辱使命，成为当年全省高考状元。程思远考上了上海G大学，程妈妈便也留在上海，给有钱人家做工，为程思远挣些学费。

程思远第一次见到袁小媛便是在袁家豪宅，妈妈说已经很久没见到他，有些想念他，打电话给他，说想见见他。那豪宅非常容易找，只是铁门高墙驻守，戒备森严，只能从门缝里看见里面庭院深深，草坪茵茵。程思远拿起手机给妈妈打了电话，很快便看到妈妈欣喜地拉开铁门跑出来。两个人正聊得高兴，却见一花枝招展的女孩子从远处阁楼的楼梯款款走下来，向草坪的方向走去。程思远从来没见过那么漂亮的裙子，像七彩云穿在了身上。女孩子的头发只随意地高高绾起，她拎起裙角一步一步落下来，优雅而轻灵，像不食人间烟火的仙子。程思远看得有些呆了，眼光随她而去。程妈妈回头一看，便笑着对他说："那是袁家千金，袁小媛。"

如同有所感应，袁小媛回头向大门这边看过来，立刻便转了转眼珠，掉转了方向，向他们走过来。

"程姨，我找你呢，原来你在这儿。"袁小媛笑着快步就走到他们面前，"这是谁呀？"

程思远有些蒙，这女孩完全不是前一刻看到的优雅的样子，那眼中充满调皮和狡黠。他第一次看到女孩子可以这么多变的。

哦，这是我儿子思远。好久不见了，怪想他的，就叫他过来让我看看他。程妈一边说一边给小媛整理了下裙子的腰身。

"你好，袁小姐。"程思远礼貌地说。

"你进来陪我打网球吧！我好久没打了。"袁小媛向他勾了勾手。

他和程妈都有些意外，不过程妈立刻便说："好啊，思远，你陪小媛去打球，小媛的网球打得很好，你跟她好好学学。"

事实证明，袁小媛的网球打得很烂，程思远三下五除二就把她打得落花流水。

程思远对战况有些担忧，他妈妈一定不希望他得罪这位大小姐，没想到袁小媛对他佩服得五体投地，坚决留他在袁家吃饭，还要求拜他为师，以后要陪她打网球。

程思远当时的感觉就是，这个女同学的思维有点怪。

2

彼时程思远读大二，袁小媛读大一。

程思远此后不仅包揽了袁小媛的网球课程，还有她的英语四级考前辅导、计算机二级考试辅导以及普通话考前辅导等各种名目的课程。程思远成了袁小媛专属辅导老师，不过这个学生从来不给报酬，倒是程妈妈的薪水涨了三倍还多。

程思远心里一直在抗拒，却不得不承认自己爱上了袁小媛。

可是隐忧从来都在心底潜伏。

程思远大学毕业之后，程妈妈就像是完成了人生任务，突然就神志不清，精神恍惚。经医院确诊，她已经患上老年痴呆，需要长期在医院治疗。

程思远本来是想去北京有一番作为，如此，便只好放弃所有梦想，留在上海方便照顾妈妈。他顺利留校任教，利用所有的闲暇时间做兼职，每天为了母亲的医药费疲于奔命。

半年之后袁小媛毕业在即，作为袁氏企业的总裁，袁之尘早已为女儿安排好似锦前程。他将送女儿去英国，与世交陈氏集团总裁陈柏昂的大公子、华尔街的新秀陈朝阳会面，订婚，再完婚。

袁之尘夫妇这个时候才知道女儿早已心有所属，已经和程思远相爱近三年。夫妇两人这才后悔，因为平时应酬很多，在家的时间极少，对女儿关心不够，所以才被程妈和她的儿子在眼皮底下钻了空子。程妈已经痴呆，程思远又是两手空空，女儿跟这样的人相爱，何来幸福人生？

所以程思远在那个下雨天接到了一个陌生电话。

"我是袁之尘。"这五个字，声音不高，却无比威严。程思远看着外面的天，该来的总归会来的，下雨了。

程思远没有收下袁之尘的巨额支票，他只是说：您放心，我会还给媛媛自由。

那天因为大雨滂沱，好多处下水管道都被堵塞住了，后来街上的水直到脚踝。街上的车大多已经停工，程思远后来在水里走了近三个小时才走到医院。

妈妈睡得安详，他站起身去走廊吸烟，一边吸烟一边给袁小媛发了短信：We are over（我们结束了）

……

3

袁小媛一天之内给程思远打了无数电话，发了无数短信。

可是，程思远真的人间蒸发了，到处找不到他踪影。他的熟人、朋友，能找的地方袁小媛都找遍了，能问的人她也都问遍了，可是，就是找不到他人。

当然，唯一一个没问的人就是程妈，可是问也无济于事，她已经痴呆，连人都认不清楚，当然什么都不知道。可是，袁小媛还是来找程妈了。她哭着摇程妈的手，说："程姨你最疼我了，你告诉我思远他去哪儿了，去哪儿了！"

袁小媛正在抹眼泪，护士进来说："她的家属还没在吗？该交住院费了。"

袁小媛说："我就是家属，我来交。"

于是她跟着那护士去了住院部的财务处，在财务处她看到了上次缴费的日期和汇款单上那个红色的戳，是一个月前K县邮政储蓄的。

K县？她突然想起来，程思远跟她提起过，他们单位好像每年是有去那里的支教任务，条件非常艰苦。

她立刻恨得牙痒痒。

其实程思远每天都会在中午和晚上打开手机几分钟，袁小媛发短信他一条都没有漏掉。

在失去联络的第一天，他收到袁小媛的短信：你在哪儿？别吓我，我会死的！！！！！

程思远知道，在找到他之前，她是不会死的。

第二天，她的短信是：姓程的，我不爱你了，我恨死你，恨你一万年！！！！！

程思远苦笑，好吧，这是最好的结局。

……

第九十七天，她的短信是：该死的程思远，你信不信，就算跨越千山万水我也找得到你，所以你就别躲在老鼠洞里枉费心机。等我找到你，会一百倍惩罚你，信不信？

程思远的心颤了好几颤。

第九十八天，没有短信，程思远有些慌了。

第九十九天，他正在吃午饭，就听村里的大喇叭响起来："程老师，请你立刻到村诊所来一趟，有人来找你了。"

程思远扔掉碗筷向诊所狂奔而去。

他猛推开诊所的门，病床上躺着的姑娘正在输液，她面容憔悴，闭着眼睛皱着眉头，显然在忍受着巨大的疼痛。

"媛媛，你怎么了？"程思远心疼地奔过去，上下打量她。

"别动，程老师，她胃部痉挛，差点昏厥，村里孙师傅开三轮车给送来的。她说是来找你的。"

袁小媛睁开眼，看见程思远便委屈地哭了："我差点被狼吃了，脚都肿了，手机也没电了。你宁可躲到这种鬼地方也不愿意跟我在一起，我打死你！给你两个选择，要么你从这山沟和我一起走出去，要么我死在这儿你自己走出去。"

这丫头的逻辑永远那么神奇，这两个选择无论选哪个，他程思远都得走出去。

4

其实哪有什么狼啊，那只是一条狗而已。可是对于她来说，狗和狼一样会让她心生恐惧。而他从见到她的第一天起，就想保护她一生一世。

你何苦在我身上浪费生命，你该有更好的人生。

我最好的人生，便是跟你在一起。

岁月葱茏，愿随春风。

千许深情，白首不休。

终于终于等到你

原来，我等的是你。

原来，你是谜底。

茫茫人海，唯你可依，

万水千山，终于终于等到你。

1

2008年夏天，北京的每一个角落都布满喧嚣，每一株草木都在沸腾。池安一边吸烟一边兀自横穿马路，刺耳的汽车紧急刹车声，司机的叫骂声，以及熙攘的人群，都被她远远甩在身后，她登上了DRL大厦楼顶，下面的人看起来如同蝼蚁。

纵然全世界都在燃烧，她已被全世界抛弃，她的世界只剩死寂。

又咳嗽起来，她才觉出手中的烟头已经烫手，扔掉烟头，重新拾起意识。已经差不多一个小时，她在这里迎风而立。

她突然被人从后边抱住，两个中年男人气喘吁吁的声音响起："姑娘，不要想不开，你还这么年轻，人生再难，都会过去的。"

池安没转身，只是眼泪瞬间流下来："谢谢你们，我只是在跟自己下个豪赌，天黑前如果有人来救我，就证明我将来终究会等到一个人。如果没有人来……谢谢你们。"

2

同样的一幕发生在二十天前，在某医院的楼顶，只不过女主角叫苏荷，男主角叫秦阳，是池安的男友，此时已经应该叫前男友。

在苏荷出现之前，池安从没怀疑过自己的运气。

池安和所有北京的孩子一样，盼望奥运盛会已经盼了整整四年。这四年中北京在一点点改建，一点点变得更有风采，每一点一滴的进步都能让她和秦阳欢呼雀跃。2008年终于来了，奥运盛事终于来了，可是一切都已面目全非，突然间北京变得不再可爱，那些留下爱的足迹的各个角落都失去了光彩。她失去了秦阳的爱，失去了整个世界。

而这一切都缘于那个叫苏荷的姑娘。

苏荷于2008年7月的一个深夜因车祸被120抬进D城区医院的抢救室进行抢救，当晚负责抢救的大夫是池安和她的导师孙思梦。一夜忙碌，直到第二天早上例行查病房，池安才仔细看了看这个姑娘。她脸色憔悴苍白，眼神却很灵动。

"谢谢你救了我，池医生。"

"好好休息。"池安微微一笑，点点头。

这实在是个很厉害的姑娘，因为第三天早上池安查房的时候，她就问池安："池医生，你的男友是秦医生？"

池安又是微微一笑："你怎么知道的？好好休息。"

池安没有在意，更没有深究。可是一个月后，这姑娘便抛出了惊天炸雷。

某个傍晚，池安下班的时候突然整个医院都骚动起来，有人在住院部楼顶要跳楼。池安跟着人群跑到住院部楼下，楼顶那姑娘她认识，是苏荷。

池安刚想喊，却见秦阳和几个男医生已经向楼的后面跑去。那姑娘已经在楼顶开始哭，对着下边喊："你们干吗围在这儿？都滚开！"

很快，秦阳和几个同事的身影便出现在姑娘的身后，他们小心翼翼地接近她，趁她不备，秦阳迅速抱紧她，将她从楼顶的边缘推回来，之后，几个人架着她回到病房去了，秦阳瘫坐在楼顶好一会儿才下来。

苏荷一直哭，一直哭，几次几乎晕厥过去。

苏荷跳楼事件的第二天，池安便收到了秦阳的分手短信。池安以为秦阳喝多了，回了句：为什么？秦阳没再回复，池安忙了一整天太累了，握着手机便睡着了。

第三天，池安是下午班，一上班就听到了全医院的爆炸性新闻，秦阳在几个小时前手捧鲜花和戒指已经向苏荷求婚了！

这简直是天大的笑话！

池安不相信，跑去苏荷的病房，推门而入，香气四溢，满眼是一大捧刺目的玫瑰和苏荷复杂的笑意。

"池医生早……对不起呀。"她说，"对不起，我抢了你的男朋友。我抢了你相恋四年的深爱的男朋友。"

池安觉得天旋地转，这一切是怎么发生的？她不知道自己是怎么走出那个病房的。

好久，她靠在走廊的墙上，拿出手机给秦阳发了短信：我需要你的解释。

一会儿，秦阳回复了一大段话：

对不起，池安。和苏荷的认识纯属偶然，可是缘分大概就是冥冥中注定的吧。她入院的第二天晚上正好我值班，我来天台抽烟，恰好没一会儿她也上来吹风，看见她的那一刹那我就觉得心里有某根神经被触动了，大概就是一见倾心吧。我见她情绪非常糟糕，出于医生的责任心，就跟她聊了起来。后来我晚上值班经常在天台遇见她，她也爱上了我。可是我们的感情我一直也很珍惜。直到前天她想跳楼，我想通了，什么都比不上生命重要。她爸爸妈妈都很早去世了，她是舅舅抚养长大的，爱情于她来说可能是唯一活下去的理由，她那么脆弱，需要我。所以，池安，希望你能谅解我，非常非常抱歉。

哈哈哈哈，池安看着短信笑得眼泪都出来了。多么伟大而崇高的爱情，为了拯救生命。那么我呢？我不会表演，没有表现出来脆弱，所以就该奉献爱情，就该成为被抛下的那一个。四年淳厚的感情抵不过一幕跳楼的闹剧。

苏荷的笑容里藏着多么深刻的含义，那是属于胜利者的笑容，压抑着狂喜和炫耀。

3

一周后，池安在DRL大厦的楼顶再现了苏荷的表演之后，她彻底从从前的世界消失。

池安的师姐赵泽然一直在荷兰的阿姆斯特丹，经过几夜未眠，池安决定去她那里。

下了飞机，来接她的却不是师姐，而是一位年轻儒雅的中国人。

"你好，我是齐振宇，中国人，和你一样哦！"他微笑着说。

后来池安一直记得这一幕。不知为什么，彼时心里有种说不出的慨然。

师姐赵泽然帮池安找了位中国医学教授齐先生，池安跟齐教授每天到一家知名医院上班，齐振宇是齐教授的儿子，在阿姆斯特丹大学读经济学硕士。

师姐很快因为家里有事返回了国内，留下池安一个人住。语言没有障碍，池安的困难是这里的饮食习惯实在不敢恭维。

师姐不在，代她尽地主之谊的是齐振宇。齐振宇还真是尽职尽责。

初来乍到，首先自然是品尝荷兰的国菜，可是菜端上来的一瞬，池安甚至怀疑齐振宇要给她过愚人节。土豆胡萝卜炖洋葱，这便是荷兰的国菜。池安皱着眉头抗议，齐振宇就像好久没见到新鲜玩具，充满笑意的眼神中带着一丝新奇。更震撼的是，第二天齐振宇便带池安去吃荷兰人的传统食物——生吃鲱鱼。齐振宇带了两个荷兰朋友同去，就见那两个荷兰人拎着鲱鱼尾巴，仰起脖子，一口将一整条鱼吞了进去，细细地咀嚼品尝，之后一脸陶醉地喝进一大口酒，嘴里还发出满意的声音。池安看得目瞪口呆，心生恐怖。还好齐振宇善解人意，跟那两个荷兰朋友打了招呼，早早给她送了回去。

之后，池安说什么也不跟他出去吃了。她的厨艺还好，自给自足足够了，可是遗憾的是这里很多东西都买不到。池安突然间开始想念中国菜，那刚出炉的烤鸭、扒鸡，还有数不胜数的小吃，甚至小零食，想想都口舌泛香，可也只能是想想。

令池安深感触动的是那个圣诞节。

池安是没什么心情过圣诞节，齐教授聚齐了他的中国学生和朋友，摆了家宴庆祝在阿姆斯特丹的第七个年头。池安因为感冒发烧没有去，一个人躲在房子里一边无精打采地看书，一边安静地打发时间。

听到匆匆的敲门声，池安半信半疑地来开门。满身雪花的齐振宇迎面便说："圣诞快乐，安安！"

那是她第一次听他这么亲昵地叫她的名字。

"你没有在家陪教授？"池安晃了一下神之后说。

"老爸有很多人陪啊，不差我一个，你就一个人啊，我得来陪你。"他一边拍打身上的雪花，一边说，"安安，我知道刚刚新开了一家很棒的中国菜馆，我带你去吃中国菜好不好？"他期待地望着她。

"好。"池安仿佛做了一个很重要的决定，穿上衣服便跟他踏入了雪中。

那个圣诞夜池安很快乐，她很久都没那么尽兴地吃过中国菜。后来她一直记得那晚的星光和雪花。

真的好美，也真的好温暖。

可是当晚她便持续高烧，直到第二天早上，齐教授上班看她没来，给她打手机无人接听，派人去找她，才发现她已经高烧几乎昏迷。

齐教授狠狠训了齐振宇，说他不该带她夜里出去吃饭喝酒。池安醒来后对齐教授说，是她自己让齐振宇带她去的，不怪齐振宇。

她不怪他，甚至不怪他吻了她。他一定是喝多了。

4

池安在几个月后接到家里电话，奶奶病危，想见池安最后一面。池安跟齐教授请了假，便匆忙订了机票回国。在机场登机前，她看到了那个熟悉的身影。

"谢谢你来送我"，池安说。齐振宇却只是笑笑。

池安走向安检口和他摆手告别，他却还跟在后面。安检完毕，池安径直向机舱走去，没有回头。有人拍她的肩膀，池安转过脸，诧异地问："你怎么进来了？"

"我不放心你一个人，陪你一块儿回国。不喜欢？"齐振宇拿着机票，嘴角噙着笑。

"……喜欢。"好久，池安终于说出这两个字。齐振宇叹息一声，抱紧她："安安，以后我都不会让你一个人。我爱你，从见你第一眼起。"

池安想起一年前那个傍晚，自己在DRL大厦楼顶的那场豪赌。

她想起齐振宇第一次看到她吸烟，便霸道地将它抢走，狠狠地踩在地上，威严地说："以后不许你吸烟。"那时候她心里暗笑：你是我的什么人啊，管得这么宽！

原来，我等的是你。

原来，你是谜底。

茫茫人海，唯你可依，万水千山，终于终于等到你。

这一次的人生发挥超常，

是谁令我变得刚强？

浮生若梦，你在水一方，

是我心之所向。

你爱如深海，我小心收藏，

早已红了眼眶。

1

季然有点意外，面试考官里居然有叶一刀。

叶一刀当然是绰号，他是F省激光整形美容医院的医生，叫叶启轩。

季然在整形医院的三层走廊靠窗的位置站着，看着那面试的同学一个个地从考务室里进进出出，心里掂量着自己的胜算有多少。

女生大都很靓丽。可这精致的妆容背后，谁知道遭了多少罪。她猜测着哪个开过眼角，隆过鼻，文过眉毛，磨过腮，或许，那个最后出来的锥脸美女还打过瘦脸针。

可这又不是选美，不知道现在的女同学为什么都这么拼。

她后悔自己没去隆个鼻。

她肤如凝脂，双眸如星，完全是天生丽质，当然，除了那个有点塌的鼻子。所以她一般拍照都不拍侧面照，尽管那会更加显现出美好气质。她一般都是正面照示人，因为如此，才能避免被人深究那塌鼻子的弧度。

也不是没想过去隆个鼻，可是实在是害怕那个疼啊，她就说什么都不敢去整形医院。

今天她敢来整形医院当然也是很拼的了，那是因为这里有她必须面对的人，就是叶一刀。

2

"季然！"

"在。"考务室有人开门出来叫她的名字，她立刻快步走进去。

房间不太大，四个面试官一字排开坐在前面长桌前，长桌对面只有一个座椅，就是她的座位了。她一边颔首微笑一边落座，那长桌后的叶一刀愣了片刻已经低下头。

按照惯例，三位主考官都分别问了季然一些常规问题。季然回答得都很得体。最后一个问题："你为什么到我们医院应聘？"

对于这个问题，季然早已做了ABCD各种预备答案。根据刚才考完出去的考生的吐槽和讨论，她决定拿出最后一套方案。

她侃侃而谈："从小就很羡慕医生这个职业，觉得医生都特别高大。"她下意识地瞄了叶一刀一眼，叶一刀仿佛什么都没听见，低着头在看资料。她继续说下去，"对咱们医院我倾慕已久，咱们医院不论是实力还是口碑都是极好极好的。能到这里工作是我梦寐以求的愿望，如果有幸成为其中的一分子，那是极幸运的。咱们医院的宗旨是成为这个城市美的最终缔造者，我愿意为这份美尽我所能勾画上每一笔。"

她满口甄嬛娘娘的习惯用语，态度看起来却诚恳无比，四位主考官中的其余三位都含笑点头，只有叶一刀低头不语。

叶一刀，你敢在关键时刻掉链子，看我怎么收拾你！季然在心里咆哮。

"小叶，你觉得如何？"那年长的考官问。

"我……没意见。"叶一刀很快瞄了她一眼，又立刻掠过。

季然想笑，看他那狼狈样。

3

叶一刀是季然爸爸的得意门生，比季然大六岁，季然在高中的时候就认识他了。作为医学界权威人士的爸爸总是夸奖他有多聪明，称他是医学界不可多得的人才。所以从那时候起，他就已经是季然的偶像了。偶像的距离总是比较遥远，只可仰视，不可有痴念妄想。况且，那时候叶一刀就已经有女友了。在季然十八岁生日的时候，叶一刀和他的女友特意带来个双层的大蛋糕给季然过生日，可是中途在叶一刀给季然切蛋糕的时候，不知道为什么，女友突然就很伤心地哭了，离开了他，再也没回到他身边。之后，叶一刀身边的女生如走马灯，换得频繁，他却对哪个都不上心，真的是一心扑在事业上。对这份兢兢业业的精神，医学界实在应该给他颁发个巨大的奖杯。

季然在大学二年级时有了男朋友徐潘。徐潘是在苦苦追了半年之后，才终于赢得季然的芳心。当时季然还跑来问叶一刀："启轩哥，有个男生说很喜欢我，要我做他的女朋友，你说我要不要答应他。"叶一刀当时的神情季然一直分辨不出是高兴还是失望还是什么，总之很玄妙，他好一会儿才说："那好啊，试试看，你长大了，到了恋爱的年龄了。"

男神都这么说了，于是季然就踏踏实实地接受了徐潘。未料，在大学毕业前徐潘的前女友A回来找他了。A只是简单地给他发了条短信，便轻松地让他回心转意了，他毅然决然离开了季然。

"她都背叛你了，你居然还想跟她在一起。"季然崩溃地哭。

"她一直都是我的向往。"他毫不掩饰地说。

"那我呢？我算什么？"

"季然，你和她有点像，对不起。"

"原来，你是拿我当她的影子。滚！"季然当时就将他推出了门。

季然万万没想到，他千辛万苦追求她，却只是为了心中的执念。不过，有一点或许徐潘是对的，那就是向往的就去追求。

季然后来沉静下来想想，其实自己也一直都有一个向往的人，那便是叶一刀。

背地里的时候，她叫他启轩哥，虽然当他的面，她都是没大没小凶巴巴地叫他叶一刀。

在连续半个月失眠之后，她想通了，既然向往启轩哥，那就去追他吧。

4

她有一次恶作剧，曾去整形医院胡乱编个名字，挂了个叶一刀的号，端坐在他对面。

叶一刀没有抬头，一边写字一边问她："你觉得哪里不好？"

季然摘下墨镜，一本正经地问他："叶医生，你看我用不用开个眼角、隆个鼻什么的？"

叶一刀抬起头一看是她，哭笑不得，立刻说："去去去，然然，别玩了，我还有很多病人在排队。"

季然一脸无辜地看着他说："人家是真的想做隆鼻呀！"

叶一刀沉默片刻说："我很负责任地告诉你，你已经很漂亮了，不需要整容。"

季然扯开嘴角一笑："真的漂亮？不需要做？"

叶一刀忍无可忍，低头便喊："下一个！"

季然绕到他身旁，俯下身悄声说："叶一刀，我讨厌你！我回去告诉老爸，你博士论文不给你通过！"

所以，冷面杀手还真是不好追，她冥思苦想了好几天无解。有次同学在饭桌上无意间说起整形医院正在招聘，季然忽然就豁然开朗。只要在他身边，她总会有办法的！

看来叶一刀果然害怕了，季然刚接到医院的录用通知，正在沾沾自喜，没一会儿，就接到了叶一刀的电话。

"然然，晚上有时间吗？一起吃个饭？"手机里的声音显然是某人一边压抑着怒气一边小心心翼翼地说出的。

季然捂住要笑出声的嘴巴，强装淡然地说："哦，那我看看时间哦，找我有事吗？"

"请你吃阳澄湖大闸蟹。"叶一刀已经要爆炸了，直截了当说出重点。

"呀，大闸蟹，去。"季然也不装了，这么大的诱饵，该去就得去。

5

见了面，季然都不用看，叶一刀绝不会是什么好脸色，他自己基本没吃，就是一直不停地给季然碗里送剥好的蟹肉。季然也不辜负他的好意，大快朵颐，吃得口舌生津。

季然终于吃不动了，有人说话了："吃好了，大小姐？"

"嗯嗯，真好吃，下次还带我来吃哦！"季然很不见外地说。

"玩够了没？"叶一刀显然要开始爆发了。

"什么玩够？"季然装傻到底。

"你一中医学院的硕士生，跑到整形医院当医生，真亏你想得出！"

"都是医生，我去哪里还不行？"

"你硕士根本还没毕业，人事部门过几天要调档案的，被查出来还想不想继续读书了？"

"我本科毕业了啊，不怕查啊，大不了硕士不读了呗。"季然无所谓地喝饮料。

"信不信你爸会打断你的腿？"

"打断他再给我接上呗。"

"你……到底想怎样？"叶一刀一脸愁苦，很无奈地说。

"跟你在一起呀！"季然笑得灿烂。

叶一刀僵在那里。

"还有，我想让你给我做隆鼻手术啊。"

"想都别想。"叶一刀生气地站起身去了吧台埋单，之后便推门离去。

季然赶紧拎起包小跑出去，一边还在心里骂："叶一刀，你个没良心的，居然想把我一个人丢在这儿。"推门一看，那辆宝马安然在门口等候，某人看着前方凝神不语。

季然咧了咧嘴巴，开了车门上了车。

6

路程有点远，季然在车上睡着了。在离季然家十几米的地方，叶一刀停了车。

夜色依稀，只看得见她朦胧的轮廓，可是不用看，他都能清晰地勾画出她的每一寸轮廓。此刻她不是那个白天伸出利爪要挠人的小猫，而是安静慵懒得一塌糊涂。他伸手轻抚她的脸颊，捋了捋她落在额前的碎发，又脱下外套，给她盖在身上。

其实他一直在等她长大，一直很耐心很耐心地在等她长大。

可如今她长大了，他又胆怯了，总觉得她值得一个更年轻更优秀的人来爱她。

所以，他总是在纠结，总是在矛盾，他叶一刀对这姑娘永远学不会快刀斩乱麻。

他还是轻轻吻了她的脸颊。

季然还是执意要隆鼻，既然叶一刀不肯做，那可以找别人做，又不是只有他一个整形医生。她约的是周五上午九点叶一刀的师弟卢医生。卢医生的医术仅次于叶一刀，毕竟季然也不敢拿自己的五官开玩笑，为避免整成毁容，还是要保证手术医生医术的高超。

周五上午不到八点半季然就来到了整形医院，心里还是很忐忑。护士将她带到贵宾间，让她耐心等候。已经快到九点了，护士还是没来叫她去做手术，她有些不安，却听见有人开门进来。

居然是叶一刀。

季然愣了一下有些心虚地说："我等卢医生。"

"我知道。"叶一刀面无表情地说。

"你来……干吗？"

"然然，你一定要做这个手术吗？"叶一刀的语气软了下来。

"对啊，你不觉得我隆鼻之后会更漂亮吗？"季然又狡黠地笑。

"如果，我想求你嫁给我，你可以不做吗？"叶一刀握住她的双肩，眼似深潭。

季然牵起唇角笑，眨眨眼："是交易吗？"

叶一刀从衣兜里掏出一个精致的小盒子，打开来，一枚华贵的钻戒熠熠生辉。

"然然，我爱你，求你嫁给我。"他单膝跪下来。

忽觉有泪盈于睫。她好一会儿说："那好吧，爱卿平身。"心中满是窃喜，真是赚到了。

这一次的人生发挥超常，是谁令我变得刚强？

浮生若梦，你在水一方，是我心之所向。

你爱如深海，我小心收藏，早已红了眼眶。

曾经沧海，终成云烟

你说你从黑暗中来，

你说你携着沧海，

我从竹林深处走来，

走进你的未来。

你看你看，那春风已来，

樱花已盛开。

1

祝小允绝对算不上貌美如花。

所以当同学们知道她和郁岩恋爱了，看她的眼神都是怜悯而清冷的。

郁岩玉树临风，形象爆表，是L城科技大学的高才生，他还有个最重要的标签——L城某位高官之子。

自古侯门深似海，邂逅豪门高干之子对灰姑娘来说可能是艳遇，也可能是炼狱。而祝小允既没有超凡脱俗的容颜，又没有与众不同的家世，所以，踏入尊贵之门，是要付出何等代价，可以充分发挥想象。

可是祝小允是那么勇敢的一个女孩。大概也是这份勇敢的精神，博得了郁岩的关注。

其实郁岩的身边何尝缺过美人。高挑秀气的有之，贤淑敏慧的有之，沉静乖巧的有之，活泼的萌妹子有之……那仰慕的千军万马汇成的暗流，堪比皇帝三宫六院的士气。

所以，当郁岩公然牵了祝小允的手，不，应该是，当祝小允牵了郁岩的手，那些暗恋着郁岩的牡丹、百合、郁金香便通通傻了眼——郁岩公子这是发的哪门子神经，百花争艳视而不见，单单看上那株狗尾巴草，或者，这个其貌不扬的祝小允是株毒罂粟，用独门暗器挟持了郁公子，郁公子身中剧毒不得已而与之周旋。

究竟郁公子是如何动心的，或许是祝小允在那次文学课上的朗诵过于感人，或许是辩论赛上的伶牙俐齿，又或许是某天清晨郁公子打开窗子，恰好看到她在校园里长跑，她的马尾辫在朝阳下有节奏地一摇一晃，像打着拍子的晨曲。

总之，一定是皇帝吃够了山珍海味，偶尔想换换清淡的口味，只是刹那间的一个闪念而已。

总之他们在一起这事不科学，总之这段恋情不会长久。

2

不被祝福的恋情自然是不会完美盛放的。

空气中每一颗尘埃都仿佛在告诫祝小允，她只是皇帝一时兴起暂时宠爱的嫔妃。那皇帝再任性忘我，还有老佛爷在垂帘听政，对于纳妃立后此等天朝第二等大事，老佛爷自然是不能玩忽职守，要严加审查。

于是便有了郁岩的妈妈盛情相邀的鸿门宴。不是请祝小允一个人，而是请班上所有同学，来品尝刚从水库钓上来的鲜鱼。鱼不是很肥美，却实在是鲜。同学们各揣心事，这侯门的家宴实在是简洁了点，不过大家当然知道郁岩的妈妈醉翁之意不在酒，主角是窗边那个寡言却沉稳的祝小允。

郁岩的妈妈就驾临了不到五分钟，手机催得急，她跟大家打了个招呼便盛装匆匆出了门。当然，那锐利的目光只瞥了一眼，祝小允的前世今生都被她一览无余。

同学们早已预见到祝小允在郁岩的妈妈面前不会有什么好待遇。而此后种种，郁岩的妈妈都在向祝小允力证皇家之尊。

某一次郁岩拉着祝小允和几个朋友一起通宵打牌，一夜未眠，清晨两个人去机场接郁岩的妈妈。回到家，郁岩的妈妈见郁岩一脸倦意，连连打哈欠，便问这是怎么了。郁岩说昨晚通宵打牌了，郁岩的妈妈便心疼地说："那快去睡吧，怪累的。小允一会儿陪我去超市，我要买些东西。"郁岩看着小允通红的双眼，说："我还撑得住，我们一块儿去吧。"

祝小允在家里也是被宠大的，会做的家务很少，可是自从和郁岩恋爱之后，跟郁家的阿姨学会了很多家务——包饺子，包馄饨，烤蛋糕面包，做各种点心。

那年系里举办了一场英语话剧表演，万人迷郁岩自然是主角王子，而灰姑娘的角色，虽然百花争鸣，却因为和郁岩的恋情，而落在了祝小允的身上。

那次话剧演出所有演员表演得都很精彩，郁岩和祝小允配合默契，诠释到位。据说祝小允穿的那套灰姑娘的棉布裙子是郁家阿姨的工作服，从样式到色彩都很符合童话书里的描述，是非常合适的道具服饰。戏里戏外，祝小允都是完美的灰姑娘，可是这灰头土脸的她，怎么看都有一点悲怆的味道。

有好朋友劝她："郁岩的妈妈实在是很刁蛮，郁岩性格又软弱，对他妈妈言听计从的，你干吗去他家受气，那个秦宁一直喜欢你，你是不是考虑考虑？"

可是勇敢的祝小允不这么想。

"毕竟郁岩是爱我的，不是吗？比如那次通宵玩牌之后，他妈妈说让我去超市，郁岩还不是心疼我，才说的一起去吗？再比如那次……还有那次……所以，只要郁岩爱我，哪怕比我爱他少，我觉得都没什么。"

3

可是很快，祝小允就被打入了冷宫。

满园春色关不住，处处芳菲牵君心。因为一件特别微小的琐事，两人争执冷战了几天。就在这几天之后，郁岩和艺术系的校花齐微传出绯闻，据说郁岩已经带齐微去家里吃过饭了，老佛爷很喜欢齐微。

祝小允不是有意拦住他们的去路的，那天从食堂回来，她想走僻静的小路，可是未料迎面便撞上郁岩和齐微十指相扣，亲热地走过来。祝小允红了眼眶说："郁岩，你还没给我个解释，我哪里做错了，你这样对我？"郁岩还没开口，齐微笑着扬起手腕说："看见没？知道这是什么玉吗？这不是普通的玉镯，告诉你价钱吓死你。知道是谁送我的吗？是郁岩的妈妈。还需要解释吗？"齐微嘻嘻哈哈拉着郁岩走远，只留下祝小允在那里低头哭泣。

她才想起和郁岩恋爱这段时间，郁岩还没送过她一件首饰，哪怕是街边小摊卖的挂链。所以，和她的恋爱只不过是帝王的一时兴起，她怎么可以当真？都是不作数的。

祝小允本来打算跟郁岩不再有交集，可是命运大概就喜欢捉弄善良的人。

大三那年冬天，万人迷郁岩再次登上L大舆论头条——他的爸爸被"双规"，家里资产绝大部分上交，所剩寥寥无几，他妈妈很快便和他爸爸离婚，又很快和从前的男闺密结了婚，去了国外。郁岩的姑妈来看他，让他以后去她那儿。郁岩高傲尊贵惯了，不肯寄人篱下，接下来的人生便只能和爷爷为伴。

所以，万人迷郁岩几乎从王子变成了乞丐，校花齐微为了避免被人骂为忘恩负义贪图富贵，也是要做做样子的，不能马上丢掉王子，不过爱情自然是骤然降温，之后，很快齐微便找了个借口分手。分手的时候，齐微自然是忘记了，她手上那只价值连城的玉镯会为郁岩解决生活的窘迫。她并没有摘下来，因为，那玉镯已经属于她，她戴着它天经地义。

4

大四的时候，已经见不到郁岩的人影。大家也都忙着找工作，自顾不暇，哪有人关注别人，更何况郁岩早已不是万人迷，顶多算个落魄的贵族。

祝小允是在圣诞夜接到了郁岩的电话。那久违的电话响起的时候，祝小允恍惚了一会儿，怀疑是不是自己不小心触碰了手机键盘，拨了他的号码。那铃声执着地响着，她迟疑着接起来，"小允……我在你楼下。"祝小允匆忙跑到窗口往下看，路灯下是那个熟悉又萧索的身影。她立刻跑下楼，跑到他面前。

她曾以为自己不会再理他了，他那么狠心折磨她，抛弃她，他对她来说就是个十恶不赦的罪人，他今天的境遇她是应该幸灾乐祸的。可是，看到他落魄的样子她想哭。他有多久没去理发？他的大衣又旧又皱，他的双眼深邃却空洞，他的脸色因为昏黄的路灯更显暗淡。她一下想到了贫民窟里的难民。从前那个不可一世的骄傲的皇帝不见了，代之的是颓废而无措的小市民。

她忍住眼泪心疼地说："郁岩，这么久没见到你人影，你去哪儿了？"

郁岩有一刹那想说什么，却只是张了张嘴巴，还是没说。他沉默了一会儿说："小允，对不起……对了，小允，我最近手头有些紧，能借我些银子吗？我过几天还你。哈哈。"

小允说："你等着。"她立即转身跑回宿舍，拿了银行卡和仅有的2000元现金又跑回来，递给他说："卡里有5000，现金是2000，我只有这么多，你先拿去用吧，我不着急用。"

郁岩犹豫了一下，说："小允，我……好，那我不客气了，哈哈。"

小允看他又要哭又要笑，她的眼泪先流下来。她说："郁岩，你最近都在做什么？工作找好没？我能帮你什么忙吗？"

郁岩又犹豫了一会儿说："我在帮我姑父炒股，最近状况不太好，被套住了。过一阵子就好了，很快就好了。"

小允说："郁岩，你还是先找工作吧，股市风险大，以后有实力再做不迟。"

郁岩疲倦地说："我得走了，知道了。"

祝小允看着他的背影被黑夜吞没，站在路灯下哭了好久。

祝小允之后的一个月基本上都是吃的馒头、咸菜、粥，她隐约感觉，郁岩还会来找她求助。她于是接下来去做了两份兼职，两个月后郁岩再来找她的时候，她又将辛苦挣来的几千元倾囊而出。

郁岩最后一次来找祝小允，是在毕业前两个月。毕业前夕，系里组织同学们一起拍合照留念，人都到齐了，只不见郁岩的踪影。祝小允给他打手机，可是他的手机一直关机，无法联络上。

5

毕业五年，郁岩销声匿迹，同学聚会永远缺席，和谁都没有联络。有人说，他在中俄边境做边贸生意，娶了个俄罗斯姑娘。也有人说，他在日本北海道和一个日本姑娘邂逅相爱，就在那里安了家落了户。

总之，郁岩玉树临风，到哪儿都不缺艳遇，无论何种境遇，能让他驻足的那个人总归不是她祝小允，尽管她曾想为他遮风挡雨，陪他颠沛流离。

2015年，在时隔六年之后，同学们参加了祝小允盛大的结婚典礼。她的先生很爱她，他在一次海外学术交流会上邂逅了才华横溢的祝小允，从大洋彼岸追到国内。

祝小允在十七岁时就憧憬自己将来拥有一个梦幻的婚礼，竹林青翠，鲜花遍野，笛声婉转，百鸟齐鸣，他骑着白马从竹林深处走来，接她走进他们的未来。

她十七岁的梦，她的先生为她实现了。从此之后，不论是普罗旺斯还是威尼斯，不论是鼓浪屿还是夏威夷，只要有他，都会是好天气。

你说你从黑暗中来，你说你携着沧海，
我从竹林深处走来，走进你的未来。
你看你看，那春风已来，樱花已盛开。

当我足够好，才会遇见最美的你

我一直期待着，
和美好的你相逢。
当我已不再怯懦，
成为真正的英雄。
那一天，日光倾城。

整整一个夏天，樊泽都在焦躁中惶惶不可终日，并不是因为这燥热的天气，而是因为他在那条新闻里看到了一个熟悉的名字。

江云昕。

她终于回来了。

可是他不想见她，最好她也别回来老城区，免得撞见。

1

那是他第三次被警察局24小时监禁之后，他迈着舞步正往外走，警察局的片警郝警官恨铁不成钢地走过来敲了他的脑壳说："樊泽，我不想看见你第四次出现在这里，你屡次动手打架，再这么下去，要出人命的！"樊泽一笑，抬起胳膊，露出健壮的肌肉："嘿嘿，俺是练家子，谁有胆谁来，看谁命大！"郝警官摇摇头："你这样怎么对得起你哥哥！"

樊泽的脸色立刻阴郁起来，将郝警官撂在那里，低沉地说了句："走了。"他便径直迈开大步离开了警局。

他不能够听别人提起"哥哥"这两个字，因为哥哥是他心上永远的疤。

两年前的那个春节前夕，他大四放寒假，远在深圳工作的哥哥回来陪他过年。当然只有他们兄弟俩过年，他们的父母在他十六岁的时候早已离异，各奔幸福，只留下这个空旷的大房子，将他们兄弟留给了姥姥。当然，作为某上市公司的老总，他们的爸爸在钱的方面是很慷慨的，他们兄弟从来没有囊中羞涩，银行卡里都是数额充足，并且在那个春节前给他买了辆新车。

也就是这辆新车惹的祸。

樊泽无数次走进车库去端详自己的新车，无数次地坐进去感受喜悦，可是那几天一直连绵大雪，北方雪天路滑，哥哥樊京说什么也不许他开车上路。

在耐心等了几天之后，终于雪停，虽然路面还有积雪，可是清洁工人很快就会撒上融雪剂，用不了多长时间路面就会正常。所以，樊泽迫不及待地拉着哥哥上了车。未料，他初学车，刚拿到驾照，对雪天的路面缺少经验，再加上是新车，刚一上路就驾驭不了车子，心慌又心急。樊京说："我来开吧。"樊泽正在犹豫，迎面一辆中巴飞驰而来，樊泽慌了手脚，忙中出错，将刹车当成油门，狠狠踩了一脚。结果，刹那间两车相撞，中巴车里只有司机一人，只重度脑震荡和一点皮外伤，他们兄弟俩却已经头破血流，被120

送往医院抢救，哥哥却再也没醒过来。

所以，樊泽是凶手，是不可饶恕的罪人。

他的爸爸妈妈也把他当罪魁祸首，已经对他弃如敝屣。

哥哥是个大善之人，生前一直有个愿望，将来开个宠物店。可惜他女朋友不喜欢小动物，所以这个心愿一直没能达成。

樊泽休了学，在家附近租了个小房子，将银行卡里的钱一半用来装修，一半用来买宠物。他的宠物商店的名字叫"念京宠物商店。"他不知道怎样赎罪，只好以这种方式来祭奠哥哥。

小商店的生意有点冷清，因为宠物的品种有限，樊京只喜欢宠物狗，所以这个宠物商店里除了宠物狗没别的。可是生意的好坏他丝毫不在意，哥哥会喜欢这里的，他的灵魂也一定会常常光顾这里的，如此足矣。

樊泽的辅导员老师来找过他。老师来的时候，宠物商店里正放着震耳欲聋的舞曲，他穿着T恤、拖鞋坐在电脑前吸烟，门铃响了好久他才听到，出来开门一看是老师，吓了一跳，然后才想到，自己已经不是他的学生，已经自由了，这才喜笑颜开："老师，贵客啊，好久不见！"

老师伸手就将他嘴上叼的烟拽下来，扔到地上说："几天不见，樊泽你可真出息啊，自己去照照镜子，多少天没洗脸、刮胡子、洗澡了？瞧这满屋子的烟头和酒瓶，过几天连宠物都嫌弃你！"老师又叹息一声说："樊泽，去上学吧，还差半年就本科毕业了，学位就拿到了，十年苦读，考上大学多不容易，如今说放弃就放弃实在可惜。"

樊泽泪光闪闪，却笑着说："不了，老师，那些对我没意义了，我就想在这里，哪儿都不想去。"

2

樊泽这两年觉得自己过得挺好，自由自在，早上睡到自然醒，晚上和朋友打牌喝酒到天明，白天还可以随意上网聊天打游戏，前一阵子还认识个漂亮妞很来电。反正再怎么被父母抛弃，他那个有钱的老爸也不会断了他的口粮。

唯一有点麻烦的是，有几次来买宠物的人很硬气，挑来挑去，又一再讨价还价，搞到最后两个人都怒气冲冲就动起手来了。可是动手又怎样，他樊泽练过跆拳道，谁来拼命谁倒霉，每次打架他都安然无恙，只不过要去警局待个24小时，郝警官都拿他一点办法没有。

如此笑傲江湖，岂不美哉？英雄舍我其谁？

直到那一天，他第三次走出警局。他一边哼着小曲一边往地铁站的方向走，不经意间看到了地铁口附近的那张海报。大型艺术作品展览"绿之洲"将于本周末在国际会展中心举办，届时将展出江云昕、黄尔顿、郑云等新锐青年的先锋作品。

江——云——昕！

他呆立在那里良久，才转念想，不，不会是她，一定是重名而已。

他仔细去看那海报上边的每一个字，那海报下端还有小字，他又找到那三个字。江云昕，于2009年考入F大学艺术系，2011年赴日本东京大学艺术系深造，2012年以作品《魂》为代表开始展露锋芒，2013年毕业后归国，入驻XD美术学院，一系列作品已引起业界广泛关注。

真的是她，她回来了！

那个即便穿着十公分高跟鞋也才到他下巴的纤瘦小姑娘，那个需要抬起头仰视他说话的小姑娘已经一步步走向人生的高峰，而他，这个从前的巨人，已经变得渺小而颓废，如同蝼蚁，湮没在这万丈红尘之中。

不知道她还记不记得"樊泽"这个名字，"江云昕"这三个字他却是一直藏在心底，如同珍宝，偶尔才会捧出来，仔细咀嚼这三个字下包裹的那些细小却珍贵的往事，每每心中都会有轻微的颤动。他过往的人生中大概也就仅剩下这么点幸福和快乐了，所以格外珍视。

江云昕是个很要强的女孩子，十几岁起跟樊泽一起学画，老师布置的作业樊泽很快完成，她却要画很久，并且每次若是画得不够好，她会重新再画。高考的时候，她按照自己的心意报考了艺术系，而他觉得学艺术太辛苦，父母也觉得以他的智商和能力将来完全可以在金融界一展宏图，于是他报考了金融系。

曾几何时，他期待自己成功的那一天，期待自己给这个小姑娘世上最完美的婚礼……可是，如今看来，一切都已成云烟，变成虚幻。

3

樊泽还是偷偷去了国际会展中心，只不过他没有进去。他那天破天荒地起了个大早，很早就在会展中心附近等着，快九点钟的时候，他果然看见了久违的云昕。

她更漂亮了，已经有了成熟的意蕴，气质文雅，秀美而端庄，眉眼间是从容和自信，是对尘世的不妥协和对自我的不放弃。

从她明亮的眼中他仿佛看见了自己满身尘埃，蓬头垢面，已经不再是从前的模样。

他蓦地转身，奔跑而去。

云昕还是回了老城区，找到了宠物商店，却没有见到樊泽。据邻居说，商店已经于三天前关了门，算了一下时间，正是她展览会的第二天。

云昕给樊泽留了张字条，从商店的大门底下塞了进去。

樊泽，我一直很想念你，你还好吗？我等你回来。

樊泽去了墓地，石碑的照片上哥哥的笑容满是疼爱，他听见哥哥说："亲爱的弟弟，哥从来没有怪过你，你做的哥都知道，你该拥有一个美好的人生，而不应该只是在宠物商店里虚度时光，你要好好完成学业，你一直是我的骄傲，你要加油！"

樊泽落下泪来："哥，我答应你！"

2014年樊泽以优异的成绩从大学毕业，进入MK金融控股集团。2015年底，他以惊人的业绩被派往集团驻华盛顿分部。

和云昕见面的时候，已经是2015年春，他遥望着那个纤瘦的女子一步步欣喜地走过来，脑海里只有一句话：小丫头，我会让你仰视一辈子。

我一直期待着，和美好的你相逢。

当我已不再怯懦，成为真正的英雄。

那一天，日光倾城。

当真爱来袭，没什么不可以

世界的公平就在于，
所有的磨难都富有深意。
当真爱来袭，
便没有了清规戒律。

这个世界何其不公平。

当满世界都在研制减肥药的时候，却没有人去研制一种降低身高的药。满世界都在倡导健康减肥，却没有人关注一下高个子姑娘的心理压力。

有谁知道一个身高173cm的姑娘成长的烦恼？

肥胖的人瘦不下来那怪他自己懒惰和贪吃，猪一样的生活那就是孕育肥胖的温床。减肥的办法林林总总，所以那些胖妹妹想要变美并不是什么太难的事，可是身高173cm该怎么办？总不能把腿截掉一段，怎么锻炼也不能变矮啊！

遗憾世间无解药。

1

人生诸多意外。

米粒，听起来就很娇小的名字，她父母给她起名字的时候大概万万没想到，自己的女儿会长到173cm，因为父母都不是高个子，从遗传学角度判断，正常情况下米粒是不该长到这么高的。可是也有一种解释，现在的女孩普遍身高都比从前的时代的女孩要高，大抵是因为现在的经济状况比之从前要好得太多。换而言之，就是吃得太好。所以米粒从来不敢贪吃高营养的食物，再补充营养，还不长到天上去。米粒的爸爸有一次带她去看牙医，医生说，这小孩的牙不太好，有点缺钙，回去吃点钙片补补钙吧。米粒哪敢补钙，谁都知道钙片是长个子的，打死都不吃。

因为这身高实在是一件太让人头疼的事了。

米粒在十三岁以前还和小朋友们没什么不同，一起玩耍，一起跳绳，无忧无虑，童年时光无限好。上了初中，米粒就如破土的春笋，节节拔高，她甚至被自己个子的增长速度吓坏了。如同梅根·福克斯刹那间变成变形金刚，顶天立地，她突然间就变成小人国里的巨人，而她自己却毫无心理准备。

米粒此生最痛恨的字眼就是"茁壮成长。"因为，她一路成长，一路开始了各种尴尬和烦恼。

米粒经常是一个人，别人还以为她高冷，其实她是不想让大家都注意到她鹤立鸡群。她坐在教室最后一排，看着同学们在前边一起说笑，她却如同被关在玻璃罩子里，只能远远地望，却不能置身其中。

高中的时候，米粒还差点误入歧途。因为她个子高，所以体育老师总想培养她成为体育特长生，有机会总想让她试一试。当然，体育老师是一片苦心，可是米粒根本不喜欢体育啊，根本不想当什么体育特长生。所以，体育老师让她去练长跑、打篮球、扔铅球，还有跳高、跳远，还有各种叫不上名字的运动的时候，每次她都说生理期。后来体育老师气馁地说："看来你只会这一个理由，好吧，不勉强你了，真是可惜了。"

其实可惜什么，她根本不想当体育标兵，她只想做一个正常女生而已。

2

可是真的很难啊。

她买衣服要买大号，有太多次在淘宝看到漂亮衣服欢喜地要买，却发现那个尺码只有均码，只好失之交臂。均码属于大多数，而她不属于大多数，每次她的心都被狠狠地刺痛。

她想像正常女孩子那样穿着高跟鞋，走路袅袅娜娜，摇曳生姿，可是她根本不敢穿高跟鞋，哪怕三公分的鞋，她只能穿平底鞋。云商店买鞋子最尴尬了，她的脚其实介于39码和40码之间。鉴于现在各商家的鞋码都不太标准，有的偏大，有的偏小，所以她常常抱着侥幸心理，基本上先要到自助区去试，因为没人干涉，没人围观和好奇，她可以随便试。可是经常的遭遇是，喜欢的某一款鞋子39码的穿不进去，她只好不甘心地再让售货员找39.5码，仍然穿不进去，然后才气馁地狠狠心说："40码。"说完立刻决绝地扭过脸去，再也不看售货员。等低头试完鞋子，便立即匆忙撤退。售货员还在后面说："感谢光临，欢迎您下次再来。"她人已经没影了。有时候她甚至想，从前三寸金莲的时代其实也挺好的，至少大家脚的尺寸都一样，不怕被人笑话。

大二的时候换宿舍，一个六人间的宿舍，米粒在上铺，某一天她拉上挡帘正卧在床上看书，就听有人进来在下铺坐下，然后便听到一个女生非常惊讶地说："这是谁的鞋呀，这么大？"另一个女生连忙岔开话说："瞧你买那么多零食，还说要减肥，真是的！"
然后米粒就悲伤地躺在床上整整一下午，再没看进去一个字。她不
敢发出一点声响，最好没人知道她在，最好没人知道她听到了那些
刺耳的话，因为她不知道对那些话她该以何种态度去应答。

3

可是这些烦恼还不足以称道，最难的便是恋爱了。

米粒和绝大多数正常女生一样，在高一的时候暗恋上了班长，
可是到了高二，她的个子还在长，班长的个子却一直不长，她只好
默默地在心里将班长从最喜欢的人一栏清除。

后来，数不清有多少个她喜欢的男孩都被她忍痛割爱pass掉
了。忍痛割爱很难，可是长痛不如短痛。

米粒目测过，173cm的男生跟她站在一起，怎么看都比她矮很
多，所以只有180cm以上的男生和她站在一起才可以感觉持平，为
什么男生和女生视觉高度差距那么大呢？

所以米粒心里的另一半，身高的最低标准是180cm，否则，拥
抱的时候会感觉像是姐姐抱着十岁小弟弟，实在无法忍受。

当然，米粒因为个子高，所以长大后基本也不会撒娇。她还算
面容姣好，然而这样的身高怎么也做不到像林志玲那样卖萌，想想
这么高的个子和嗲声嗲气实在是不搭调，甚至会吓自己一跳，所
以，什么小鸟依人，以这等海拔就该干嘛干嘛吧。

有一年暑假，米粒为了跟婚纱近距离接触，曾经给一家婚纱店
站过橱窗。酷暑35度，她穿着婚纱站在橱窗里一动不动，一共站了
十几天，一连穿了七八条婚纱，过足了瘾，她当时想，这样她就不

必羡慕那些新娘了，婚纱她早穿过了，根本不稀罕。

米粒也参加过学校的模特队走过T台，可是在模特里面她又成了最矮的那个，那些模特身高基本都在175cm以上，还有180cm的。她看到她们的时候，心里直叹息：真不知道这些姑娘将来都嫁给何方神圣。不过，估计用不着她瞎操心，那些姑娘个个飞扬跋扈，觉得自己俨然已是明星。她还是替自己操心就好。

她并不喜欢舞台，她想做大多数。

4

米粒毕业后去了L城××社会科学院做了研究员，工作很如意，可是感情一直没着落。她一直不能越过心中的那道坎。也遇到过矮个子男生的勇敢追求，可是她都没有接受。

遇到杨驿是一年之后的事了。

春天的时候，单位组织去春游踏青，傍晚，大家围坐在篝火旁一边烤串一边聊天，有人问单身的几个姑娘："你们的男朋友都要什么条件啊？"那个身材娇小的徐莹张口就说："身高要180cm以上的。"一句话引爆了米粒多年来的愤怒，米粒杀了她的心都有了，于是第一次认真起来，愤懑地说："你160cm的要找180cm的，还让我们170cm以上的活不活了？世界都成你的得了！"说完，米粒便扔掉手里正烤着的肉串，站起身跑远了。

杨驿就在这一刻注意到了这个叫米粒的姑娘。

大家本来还在因为米粒的话而发笑，杨驿却站起身来说了一句："糟糕，那边可能不太安全。"大家才想到，田野深处有湿地和沼泽，暮色沉沉，很容易发生危险。

杨驿已经跑过去，很快拦住米粒的去路："嗨，你真是胆大妄为啊，这么晚了哪儿都敢跑，好大的脾气！"杨驿笑道。

"哦，我只是……想去透透气。"

"那边有狼。"杨驿一本正经地说。

"啊！"米粒很没礼貌地迅速跑回篝火旁。

事实证明，这个叫杨驿的年轻人的确很有谋略，不知道从什么时候起，米粒发现他已经潜入她的生活，很正式地追求起她来。

可是他身高不达标，他才175cm。

米粒竭力说服自己不要为任何人放低要求，不到180cm绝对不能说yes。杨驿愁苦地不懈努力。

杨驿有一天感冒去了医院，回来的时候就戴上了24小时心脏起搏器。米粒吓坏了，问这是怎么回事。杨驿说不小心查出心绞痛，医生让观察，需要情绪稳定，生活平静，日常禁忌生气焦虑。杨驿哀伤地看着米粒说："我身体不好，以后不能很好地照顾你，就不再勉强你了。"

米粒说："以前是你照顾我，以后换我照顾你好了。"

杨驿的苦肉计终于奏效。

米粒给杨驿买了个内增高鞋垫，3公分，见人就说："杨驿比我高很多呢。"

在经历了无穷多苦恼和折磨之后，获得至真的爱情，其实，还是很划算的。

米粒有时候想，这个世界其实还是很公平的。

世界的公平就在于，所有的磨难都富有深意。

当真爱来袭，便没有了清规戒律。

人山人海，你是我唯一的渴望

无论是远近，什么事情，
在天堂拥抱，或荒野流离，
我爱你，我敢去，
未知的任何命运。
我爱你，我愿意，
准你来跋扈的决定。

　　我们为何如此熟悉？因为我们早已相识在很久以前在世界里
　　我们同时存在于另一个宇宙，在另一个空间里
　　或许我们在那里相遇，却没能在一起
　　而今，在这个地球，终于能够在一起
　　如同我们在某一天，某个场景突然感觉到熟悉
　　那便是另一个世界的我们突然在前一秒给这个世界的我们
　　传输的脑电波和信息流
　　却因介质微弱，我们只能感觉到熟悉，而非完整的情感体验
　　这不是耸人听闻，而是爱因斯坦的多宇宙世界理论，

原子物理

佛说，五百次的回眸才能换来今生一次擦肩

这是多有缘分才能在这个地球再次相遇

所以，柳笛，我们要珍惜

我们的灵魂可以时空旅行，被数据压缩传送

但是记忆不会被消除，会有多维物质存在

即便我们在这个地球的灵魂和肉体全部消亡

我们死后也会记得对方，

我们会永远相爱下去，你是我的唯一

1

今天是感恩节，忽然就想起几年前的今天，高畅写给你的这首诗，想起二十三岁的你们。

这首诗在多年以后的今天，读来仍然让人感动。

毫无修饰，你却看得到他的爱如深海，汹涌澎湃。

那一年你以一首《如画》摘得省大学生中秋诗歌大赛桂冠，却未料，也俘获了政法大学文艺部部长高畅的心。

你从领奖台上走下来，刚坐到座位上，就有人挤进你的那排座位，越过重重阻碍在你身旁站定说："程柳笛，我一定是在哪见过你，我是政法大学的高畅。你的诗歌写得简直超神了，周末我请你吃饭，你教我写诗。这是我名片，你收好。"

他深沉地凝视你，眼中有慑人的光芒在闪烁。他的神情让你觉得，他是从遥远的地方跋山涉水而来，终于找到你。

似曾相识。你后来对我说，那一刻就觉得你们已经认识很久了，可事实是，在此之前你们从未见过。

高畅说完，便一边微笑一边将一张制作精良的名片塞到你手里，然后又闪身快步越过重重阻碍走出你的那排座位。

坐在你旁边的人听得真切，不由得笑了。

而你手握着名片坐在那里愣了好久，有点哭笑不得。

2

"高畅"这两个字你并不陌生，确切地说，这个大名很多同学都无比熟悉。他是政法大学的文艺部部长，据说思想睿智，常常别具一格，曾策划和组织过许多富有创意的活动，继而引导潮流，在省内大学生中广受推崇。

这是对他的正面评价，换而言之，这也是个奇葩，比如他刚刚的行为便足以证明了这一点。

行为明明有些无厘头，言辞却不卑不亢，似乎还带些绅士风度，然而又在对方不知不觉中，强硬地跟对方做了约定。

自以为是，这交易你未免赚大发了吧？哼哼，我受的教育是不要跟陌生人说话！尤其是跟这种自恋狂人！况且，名人的粉丝超级多，不缺我这一个凑数。

众目睽睽之下不好行为不端，可是你已经打定主意，一会儿走出会场就把他的名片扔到垃圾箱里。

你没能将名片扔到垃圾箱里，因为散场的时候，你便如众星捧月，几个闺密好友围过来，一路护送，近水楼台，都要沾沾星气。还有人看到了刚才的那一幕，打趣你。

3

你大概没有料到，自此，"高畅"这两个字便深深地镌刻进你的人生。他狂热地爱上了你。他说他看到你的诗就知道你便是他一直寻找的人。看到你的那一刻，他便坚信你们三生有约。

可是你一直逃避。你是典型的巨蟹座，生性敏感又极度缺乏安全感。那时候你爸爸已经癌症晚期，生命将熄，你心灰意冷，对这个世界失望，对一切都失去信任，此前经历的失败的爱情，让你不再相信爱情。恰如蟹子害怕受伤，总是缩在自己的壳里。

高畅便是那个打碎蟹子坚硬的外壳的人。他说他知道坚硬的外壳包裹的是一颗多脆弱的心，他不怕被拒，不怕冷遇，他坚信你是他的那个有缘人。

狂放不羁又极度自恋，超强的亲和力导致过盛的女人缘……你在心里编排出他的一堆缺点，告诉自己不要沉迷于他。更何况，临近毕业，你们将各奔前程。

你爸爸终于在一年之后离开了这个世界，经历了生死离别，你更加看淡世事，一切不过如过眼云烟，繁华殆尽，终是虚无。安葬了父亲之后，你不辞而别，和你的家人去了另一个城市。

高畅开始满世界地找你。你以为你切断了和他的联系，时间会治愈一切，他会慢慢适应没有你的日子。可是那只是你认为，事实是，自从失去你的消息，他就失去了他自己。每一个你的闺密都曾给你留言，说高畅变得很可怜，每天不吃不喝不睡，疯了一样地到处在找你，如果心情好一点，就给他发个消息吧，别再折磨他了，他真的很爱你。

4

柳笛，如果那个时候你知道，在多年以后，他的心仍然不曾离开你，他已经打算一生和你相偎相依，不知道你当时还会不会那样决绝地离开，不留只言片语？你沉溺于自己的伤痛中，觉得整个世界都是黑色和混沌的，看不到阳光和清明。

高畅还是找到了你，在几个月后的某个深夜两点钟，还是因为你写的诗，虽然是用的笔名，可是他认得你的每个字句，就如同认得你的背影和你的每一个手势。他一夜没睡，第二天便按照新的地址和联系方式出现在你面前。他狠狠地说："永远都不要再离开我，因为不管你走到哪儿我都能找到你，我闻得到你的气息，你躲不掉的。"

之后便是长久的异地恋，你经常会发大小姐脾气，每次吵架都是高畅妥协，直到你高兴。

最近看到一篇短文很让我感慨。一个妻子对丈夫说："为什么每次吵架你都肯低头认错？"丈夫说："你看，我的身高是180cm，你的身高才160cm，我自然要先低头才能跟你说话了。"

幽默的字句中，却是满满的深情。能够放下身姿去向你低头，还不是因为他深爱着你，不舍得你伤心，看不得你难过，是非曲折，哪有那么重要，你开心就好。对他来说，你开心是这个世上最重要的事、天大的事。为了能和你在一起，他做了很多努力，从和你相识的那天起，他便开始为此奋斗，从未放弃。

5

柳笛，你曾是如此懒惰又胆小的姑娘，从不去设想未来。可是我仍然忍不住好奇地猜想，假如曾经二十三岁的你能够想到，多年以后，经过磕磕绊绊，他仍然初心不改，仍然对你不离不弃，那么那个时候你会不会对他好一点？会不会不那么作？

你曾说他太优秀了，那么优秀，等同于大众情人，而你不希望自己将来的爱人是大众情人，那样危险系数太高，所以，你不敢寄情于他。可是，你有没有想过这样对他不公平。

一个优秀的人爱上你，那么足以证明你的优秀，你不敢接受这份感情，是因为有点自卑，不敢确定自己能够拥有。可是谁都不能因为怕失去就不敢去拥有，你胆小又敏感，对这份感情总是惶恐又疑惑，却无形中伤害了他。他桀骜不驯，唯独对你能放下身姿，他该有多勇敢，才敢赤裸着去迎接你满身的尖刺，只为了热血能融化你心中的坚冰。

彼时的你还不懂得，最好的感情便是彼此携手共同成长。而事实上，在此后的岁月里，你们彼此相依，心灵交融，在各自的生命中已经不可替代，一路牵手前行。

未来不可预见，却要勇往直前。

两个人的相遇从来都不是偶然，你们之间的渊源必有千丝万缕。

很喜欢SHE的那首《我爱你》：

从你眼睛看着自己/最幸福的倒影

握在手心的魔镜/是明天的指引

无论是远近/什么事情

在天堂拥抱/或荒野流离

我爱你

我敢去/未知的任何命运

我爱你

我愿意/准你来跋扈的决定

······

我爱你

让我听/你的疲惫和恐惧

我爱你

我想亲/你倔强到极限的心

我撑起

所有爱围成风雨的禁地/挡狂风豪雨······

今天又是感恩节，柳笛，你有没有对他说"我爱你"？

Part 3

我以勇气，邂逅美丽

那我们去疯狂吧！

再不疯狂就老了。

谁说年轻人不会老去？

心已僵死，比之年龄更容易老去。

把从前不敢做的事情通通做一遍，

在这个年纪，

在最热血沸腾的好时光，

寻找自己，寻找自我，

成就一个不一样的未来。

就在此刻，二十岁的年纪。

我的柔情，你永远不懂。

你的繁华，

只在遥远的梦中。

猎猎风中，

我对未来许下期许。

你的故事已剧终。

1

安然是怎样坠入情网的呢？起初是有一点点动心，就只是一点点。

那个男生长得很像吴彦祖，所以第一次见到，安然便预知了自己的未来有可能会毁在这个叫罗杰的人的手里，所以她用镣铐圈住自己那颗自由之心，只允许自己有一点点动心。

事实证明，她是对的。

安然第二天就再次见到了罗杰，仍然是在图书阅览室，他仍然穿着那件格子衬衫和牛仔裤，仍然坐在靠窗的位置。只不过，他的身边多了一个长发姑娘，她长发及腰，莫不是在恨嫁？安然使劲瞪了一眼那姑娘，下意识地转身要走，怎奈自己是格子控，她还是忍不住多望了罗杰几眼。

安然没有想到，一周后宿舍重新大调整，她的宿舍又被安排进来一个姑娘，正是那个长发及腰的姑娘。她叫梦雪，有好听的名字，还有会撒娇的本领。

梦雪讲话完全一副台湾腔，又嗲又柔，所以，安然完全明白了那个罗杰被她俘获的原因。不止罗杰，相信所有男生只要接近梦雪，就会被迷得一塌糊涂。

安然想起不久前看的电影《撒娇女人最好命》，梦雪完全就是片中的女二啊，如果不是女一周迅最后赢得了爱情，安然的玻璃心甚至会碎一地。可是电影毕竟是电影，现实残酷地证明，还是撒娇的女人拥有全世界。

安然本来是不想理梦雪的，可是梦雪甜腻的嗓音没多久就已经让整个宿舍的姐妹全军覆没，安然一个人也不好独立自主，大势所趋，只好忍着全身的鸡皮疙瘩违心地接受了甜腻腻的梦雪。

匪夷所思的是，在整个宿舍里，梦雪特别喜欢安然，安然向来对人冷清，梦雪大概特别喜欢挑战极限，安然的这份清高对她产生了极大的吸引力。梦雪会在没别人的时候和安然一起吃水果，会自告奋勇地帮安然化妆，还偷偷塞给安然化妆品的试用套装。甚至，罗杰来的时候，还拉着安然对他说，这是她最好的姐妹。

梦雪的破冰运动果然成功，安然心虚又愧疚，倒是慢慢喜欢起她来。

当然，安然对罗杰的那点心动也就停留在心动那一点上，停滞不前。

2

安然本来是不想介入罗杰和梦雪的爱情的，可是梦雪真的是个奇葩，攻坚能力五星级。梦雪有一天看到朋友圈里的热文《从前时间很慢，只够爱一个人》，之后，便启动她超凡的联想力，失眠一夜之后悟出，现在的高科技是爱情最大的杀手。她慨叹自己生不逢时，居然不能穿越回从前的慢时光，可是完全可以营造采菊东篱呀。于是，在那个酷暑的午后，她和罗杰郑重达成协议，自此，手机网络通通关闭，他们的爱情联络回归自然——手写纸条。

这完全是个重大的举措，可是这个官方重大决定还需要有人来帮忙落实——安然便成了这个倒霉的信使。

安然早就知道罗杰不能轻易靠近，这梦雪更不能轻易靠近，这下好了，招谁惹谁了，不光喜欢的人得不到，还兼职给他跟别人飞鸽传书，还有比这更虐心的吗？安然于是懊悔起来，就不该接受梦雪的一堆破东西，就该视死如归，如今，已经背叛本心，还得当别人的狗腿，实在是死不足惜。可是，面对梦雪那无害的笑容和那甜腻的嗓音，任谁的心也是会软下来的，真是无奈至极。

更夸张的是，梦雪和罗杰一边嘴上说要度过慢时光，一边却已经习惯于高科技的快节奏，自相矛盾，对于信使的工作节奏还时有挑剔。当安然大热天的气喘吁吁爬上五楼将梦雪的信交给罗杰，罗杰有时候匆忙地拿着信跑掉，好一会儿才想起来回头冲呆立在那里的安然笑着说："谢谢了。"也有的时候，罗杰急不可待当着她的面就拆开信，一边沉醉在梦雪的字里行间，一边笑嘻嘻。可是梦雪的字一点都不好看，比蜘蛛爬强不了多少，不知道那字他看见怎么就那么欢喜。

每每这样的时刻，安然就觉得有人拿着刻刀在她的心上刻呀刻，仿佛是在用这种方式让她铭记，不属于你的人就不要奢望，不要喜欢。

可是，尽管难过，她还是希望能看见他，他笑起来真是好看，一个男生怎么可以笑得那么好看。可是，他不属于她。

所幸，她只是有一点点动心，一点点而已。

要不是他长得像吴彦祖，她连这一点点都没有。安然自顾自地瘪瘪嘴安慰自己。

3

安然有时候觉得自己很高尚，在做一件功德无量的事情。她在亲自浇灌他们的爱情之树使其茁壮成长壮大。

可是在安然当信使三个月之后，罗杰有一天当着安然的面撕碎了梦雪的信，还说："告诉梦雪，我们完了。"之后头也不回地走了。

安然不知道什么情况，愣了半天，将被撕成几半的信又拾起来放到信封里，匆忙跑回去找梦雪。梦雪哭得很委屈，原来罗杰已经受不了她的这种浪漫，私自开了手机，梦雪不同意，罗杰于是提出分手。

梦雪不相信罗杰会舍得自己，又写了一封信让安然去交给罗杰。安然踌躇再三，还是去找罗杰了。没料，罗杰看见她便黑着脸说："又来替梦雪送信？她给了你什么好处，让你这么死心塌地？以后不要来找我了。"

安然慢慢往回走，那条铺满石子的小路并不长，可是那一天她走了似乎一个世纪。

其实，她哪里是贪梦雪的好处，只不过是想每次多看他一眼。

就只因为那一点点心动，如此而已。

会撒娇的梦雪也会发飙。

安然从没见过梦雪发那么大的脾气，她闯进罗杰的宿舍，砸了罗杰的热水瓶和杯子，骂他不是好东西，背着她跟别人乱搞。

安然简直惊呆了。

那个长得那么像吴彦祖的人，那个笑起来那么好看的人，怎么会做出这样的事呢？不是撒娇女人最好命吗？梦雪这么甜糯的女生对任何男生都有杀伤力，他怎么会背地里跟别人乱搞呢？

可是梦雪说的是真的。罗杰从来就没向梦雪妥协过，这三个月，只有梦雪自己切断了一切电子网络，而罗杰仍旧生活在精彩世界里，他把从前跟梦雪一起上网、打游戏、聊天的时间通通给了别人，一个叫若雅的外校女生。这三个月，梦雪只生活在自己虚构的浪漫里，一个人等待那情深意重的情书，却不知，她日夜企盼的那只言片语，是罗杰一边听着音乐，一边哼着小曲，或许还端着酒杯，吸着烟，龙飞凤舞一挥而就。什么死生契阔，与子成说，什么执子之手，与子偕老，都是抄写的而已，瞬间完成，只不过到了梦雪手里，就变成了全世界最诚挚的心意。

梦雪这边伤心欲绝，罗杰已经在朋友圈晒出了和新女友的合影，十指紧握，一起逛街，缠绵拥抱，引来点赞和热烈评论。有人问：罗杰你打算换几任女友？还有人骂：罗杰你能不能像个男人？照顾下别人感受，不觉得自己很过分吗？

安然哭得很伤心。

那是一颗巨星在心中的暗淡和陨落。

这世间的美好怎会如此禁不起推敲，如此容易碎裂？

罗杰后来又换了两任女友，每一次都是高调恋爱，高调分手。梦雪改变了许多，她的嗓音不再是又嗲又柔，而是多了些自然和沉静，人也变得沉稳了许多。

梦雪有一次问安然："你喜欢什么样的男生？"

安然想了想说："我喜欢穿天蓝色衬衫的男生。"

天蓝色也是海洋的颜色。

喜欢天蓝色的男生，一定是喜欢纯净的天空和壮阔的大海。

安然一直向往海洋和苍穹。

深秋的时候，安然和梦雪去了一次郊区参加篝火晚会，傍晚时分，远方林深叶茂，本是蚊虫猖獗，她们拾起一些稻草，燃起篝火，蚊虫便不敢来侵袭。

那些稻草已是一堆枯草，只不过一岁一枯荣，待到春风过境，又是欣欣向荣。

而春天，又怎么会不来呢？

我的柔情，你永远不懂。

你的繁华，只在遥远的梦中。

猎猎风中，我对未来许下期许。

你的故事已剧终。

雅趣 · 生活品

明信片
正版书

假如你知道生命的尽头在哪里，

那么你一定知道你的每一天都珍贵无比。

假如你进入人生倒计时，

那么你一定知道在最好的年纪，

要热烈、奔放地去拥抱人生和未来。

不久前看到一个热门微博，是关于A4纸上的人生。如果按照平均七十五岁的寿命来算，人生其实只有900个月，在一张A4纸上画一个30cm×30cm的表格，每一个表格代表人生的一个月，每一个月用一种颜色涂色，一个人的全部人生就会在纸上显现，当全部画完，剩下的空白一目了然。

当画完这个表格，我唏嘘不已，漫漫人生其实就在弹指一挥间。

我突然意识到我的这张A4纸上的人生好苍白，好单调。生命匆匆，我们大多一路成长为了"好孩子"、有出息的孩子，可是却丢了我们自己。

是从什么时候丢了自己？

我想问问二十岁的你，陈晨。

1

你从小到大都是军区大院里的好孩子代表、学习标兵，从来都是你父母的骄傲。你的爸爸官职不高，却是大院里最让人敬仰和羡慕的一个，因为他有一个争气的儿子。军区冯司令的儿子冯峰和你同班，从小顽劣，班主任卢老师经常毕恭毕敬地给司令的秘书小周打电话沟通，让冯司令伤透了脑筋。冯司令常常亲自找你爸爸请教："陈晨那么好的孩子你是怎么教育出来的？有什么诀窍没有？"你爸爸谦逊地说："陈晨也不听话的。"背地里却偷偷乐开怀奖励你："好样的，儿子，将来一定会有出息，爸爸相信你！"

没错，你爸爸一直期待你创造丰功伟绩，早已将振兴家族使命的大旗授予了你。所以，你成长的每一天他都为你吹响号角，催你奋起。你每一次失败，哪怕一点点的失误，他都会比你还挫败，坐在那儿闷声不语，于是你觉得考试失误是大逆不道的事，为了爸爸期待的眼神，你告诉自己必须要忘我学习。每次有了点滴进步，你爸爸比你还兴奋，像顽童偷吃了蜂蜜般窃喜，你便更加觉得不成才实在是罪过，必须要努力实现爸爸和家族的期许。

其实你也很羡慕坏孩子，因为有了"坏孩子"这个大标签，就有了很多特权，比如，可以不练习讨厌的钢琴，比如可以踢足球到天黑，比如，可以无赖地牵小女孩的小手，摸摸她的小麻花辫，比如，病了就可以不去上学，爸爸妈妈、爷爷奶奶还会全家总动员好吃好喝好伺候，比如，不喜欢做作业就可以任性地不做。反正我是坏孩子。

可是陈晨你是好孩子。好孩子需要隐忍，需要懂事，需要成绩棒，于是，别人玩的时间你要学习，别人学习的时间你更要学习和努力。你身上有太多的桂冠，如同一个世界奥运会冠军，怎么好意思夺了金牌不继续再接再厉。你一不小心就成了优等生，上了贼船下来也不容易。优等生变身差等生，这落差自己都接受不了，所以当坏孩子也就只能想想，满足下自己疲惫的心，这种想法以后还是灭绝吧。

背负着重大使命，你的眉头小小年纪就开始紧锁，当然你练就了刚毅坚韧的性格，这是成为人才和栋梁的必然要素。你一路按照爸爸赋予的模板认真努力地打造自己，至于"自我"这两个字，你还没弄懂它的含义便已经将其拒之千里，于是，这两个字也便从没属于你。

2

忽然有一天，一个睫毛如扇的女孩走进了你的心里，就那么不可思议地，忽如一夜春风来，千树万树梨花开。她的长睫毛忽闪忽闪，在你心里掀起惊涛骇浪，你突然间体悟到了一种从未有过的奇异感觉，你知道自己恋爱的季节来了。

可是该怎么办呢？你看到她的长睫毛就紧张拘谨到说不出一句话，她的长睫毛大概是有魔力，让你坐立不安，怎么都挥之不去。你踌躇着要不要告诉她自己喜欢上了她，你害怕会被她耻笑和拒绝，她的长睫毛下暖洋洋的笑意会一下子变成冰冷的讥讽。于是你想还是不要说吧，这个秘密自己知道就好了，或许她将来会知道，等她也爱上你，或许，或许……

你还在想未来的可能和不可能，却未料，冯峰抢先一步对长睫毛表了白，长睫毛没有答应，你松了一口气。是嘛，冯峰除了家世好之外，没有丝毫优势，不求上进，狂妄自大，根本算不上优秀，如此优秀的姑娘怎么会爱上他呢？

可是没过多久，你发现冯峰变了，变得积极又向上。一切都在朝着你不希望的方向发展，再过些日子，冯峰再次表白成功，和长睫毛甜蜜蜜了。

你崩溃了。

可是直到大学毕业，长睫毛也不知道你曾深深爱过她。

后来你工作了，你仍然是父母家族的骄傲，从未让他们失望过。你跻身世界五百强企业，平日里国内国外飞来飞去，拼命加班工作，甚至没有时间去喝杯咖啡。

你的A4纸人生更让人惶恐，因为上边记载着，你除了工作和学习，没有其他，没有奋不顾身地爱过一个人，没有一个深入骨髓的爱好，没有一次美满快乐的假期。

二十岁的你如果看到自己将来的这个A4纸人生，会不会哭出来？因为满篇都找不到"自我"，你的自己在哪里？

你是不是突然看到光鲜背后的自己很可怜？

那我们去疯狂吧！再不疯狂就老了。谁说年轻人不会老去？心已僵死，比起年龄更容易老去。

把从前不敢做的事情通通做一遍，在这个年纪，在最热血沸腾的好时光，寻找自己，寻找自我，成就一个不一样的未来。

就在此刻，二十岁的年纪。

3

加入你喜欢的校乐队，和小伙伴们一样，弹起吉他，敲起铜鼓，与青春共舞，再高歌一曲《死了都要爱》。好长一个假期，去打游戏，打到天昏地暗，放纵一次自己。睡到自然醒，醒了去钓鱼，一个人安静地享受自由静谧的时光。下雨的日子，躺在藤椅上一边看书一边听雨打芭蕉。或者心血来潮，和小伙伴们一起去攀岩，去蹦极，感受一下极限的刺激。当然，如果感觉压抑，就去跟父母大声宣告，告诉他们你还有自己的世界，让他们了解你，懂得怎样才是你希望的人生。

最最重要的，一定要勇敢地去向长睫毛表白，忘我地爱一次，不要让她成为你一生都难以释怀的遗憾。相信当你有勇气站在她面前，就已经赢得她的赞许，你是那么优秀，但是你只有站在她面前，才能给她机会去走近你，爱上你。往后的岁月，有她的陪伴，经风历雨你也不再孤单，她会给你前行的动力。

你可以仍旧继续做优等生，只是不要放弃做自己。

未等年龄老去，心已变得沧桑。不要做这样的自己。

海伦·凯勒在《假如给我三天光明》里这样表达自己对有限而美好的人生的向往和珍惜：

"善用你的眼睛吧，犹如明天你将遭到失明的灾难。/聆听乐曲的妙音，鸟儿的歌唱，管弦乐队的雄浑而铿锵有力的曲调吧，犹如明天你将遭到耳聋的厄运。/抚摸每一件你想要抚摸的物品吧，犹如明天你的触觉将会衰退。嗅闻所有鲜花的芳香，品尝每一口佳肴吧，犹如明天你再不能嗅闻品尝。

假如你知道生命的尽头在哪里，那么你一定知道你的每一天都珍贵无比。

假如你进入人生倒计时，那么你一定知道在最好的年纪，要热烈、奔放地去拥抱人生和未来。"

你的梦想从来都在，那么，即刻出发，就在你最美的二十岁。

怎一份执念，步步登攀，
战胜了平凡。
怎一份迷恋，策马扬鞭，
成就了不凡。
人生如此绚烂。

深夜，我因为准备一个论文在查阅资料，无意间翻到了一个名字——宓莹。这个名字因为姓氏特殊，很容易被记住。我对宓莹并不陌生，我们毕业于同一所学校，只不过她是服装设计系的，虽未曾谋面，我对这个名字却印象深刻。我在百度百科搜索了她的名字。作为LLGN服装品牌创始人，她已经拿过很多业界大奖。可是让我震撼的还不仅仅是这些，而是她的另一个身份。她是著名设计师陆晨东的搭档、师妹、妻子。

简直是强强联手，无敌天下。

可是他们是从什么时候开始双剑合璧的呢？

1

宓莹当年似乎并不算特别，并且她有严重的社交恐惧症，不善于沟通，不善于交际。

学服装设计需要一点天分，大多数却都是资质平平，陆晨东便是那少之又少的佼佼者之一。宓莹上大学一年级的时候，陆晨东已经在念研究生。因为他的才华过人，很得导师赏识，所以导师课程多或者忙学术会议的时候，偶尔会让他来给代几次课。

陆晨东注意到宓莹并不是因为这姑娘的漂亮，而是，这姑娘有点让他操心。在所有人的作业里边，这姑娘的作业最差，那图纸只是简单勾勒寥寥几笔，一看便知是漫不经心的敷衍。陆晨东第一次替导师代课便皱着眉头嫌弃地把宓莹的作业拎了出来。

陆晨东叫到"宓莹"这两个字的时候，这姑娘正在玩手机游戏，被吓了一跳，口中还含着糖，站起身说话之前使劲将那该死的糖吞进肚里。她的这些小动作都被陆晨东尽收眼底。陆晨东黑着脸问她："你这图纸画了多久？"

宓莹仔细想了一下，胆怯地回答："大概十分钟。"

同学们惊呼："十分钟！"

"所以你觉得你这图纸质量能高吗？拿回去重新做！"

"一个功底差还不肯努力的学生将来是不会有出息的。"陆晨东将图纸甩到她的桌上，又给她补了一个定论。

在陆教官来之前，宓莹本来是没什么存在感可言的一个小透明，她从未加入任何小集体，总是喜欢一个人，她很害怕跟别人接触，甚至经常避开上课和下课高峰，这样就不用跟大家挤电梯，人很多她甚至会紧张得说不出话来。

此前她一直对自己的这份孤僻自得其乐。可是陆教官的到来打破了她的宁静。她一下子从路人丙变成了主角，成了课堂的焦点人物，便觉得有些无措和恐慌。

陆晨东说得没错，其实宓莹即便再用三倍的时间，也是画不出高质量的设计稿的，因为她的功底很差。陆晨东一眼便看穿。本来对她来说，将来会不会有出息，那都没关系，反正她家的古董生意能保她一辈子衣食无忧。所以她其实对学习成绩并不太上心，能拿到毕业证就OK。

可是这个陆教官似乎不太好对付。

不知道陆教官是不是很享受这种居高临下的感觉，忘了自己的身份其实是跟宓莹一样的，总是凶巴巴地训斥宓莹不够用心，宓莹有好几次被他骂哭，于是她便赌气不去吃饭，一个人在教室里重新改图纸，一边擦眼泪一边恨陆教官。

陆教官不仅觉得宓莹功底差，还听说她有社交恐惧症，不知是因为良心发现还是为了帮她改掉这个毛病，对她说："你有什么不懂的，可以随时来宿舍、图书馆找我，电话、短信、微信各种方式，我24小时都不关机。"

陆教官当时那一刻的想法的确是真诚的想法，可是后来有好长一段时间他很后悔自己说了这番话。因为，他没想到这姑娘的情商这么低，真听他的话，成了他最熟悉的陌生人。她经常不分时间地点毫无征兆地打来电话，请教各种问题。

他怀疑之前同学说的她有社交恐惧症到底是不是真的，或者，在见到他之后就立刻好了，他成了那个治病的神医？

那段时间陆教官正在追一个女神，某一天天气晴好，正适合孕育爱情。陆教官偶遇崇拜已久的女神，刚刚和女神搭讪上，一切顺利，下一秒就要开口向女神要电话号码。就在这关键时刻，宓莹气喘吁吁地跑过来站在他面前请教问题，女神不屑地笑笑，然后转身就走掉了。陆教官皱着眉头对宓莹说："没看我正忙着吗？你就不能晚来两分钟？就两分钟就OK了！"后来陆教官再遇到女神，女神就连看都不看他一眼，高傲地从他身旁走了过去。

所以大家都很同情宓莹，知道她一定会遭到陆教官的报复，本来就不受待见，这下更有热闹瞧了。

陆教官果然罚她多交了两份设计图。

2

哪里有压迫，哪里就有反抗。

鉴于陆教官的累累恶行，宓莹已经下定决心要做出点成绩给也瞧。她从没立过豪言壮语，可是对陆教官忍无可忍，势必成为业界栋梁。到时候看谁可以指鹿为马，指点江山。

不是功底差吗？那就多练基本功。

不是说不认真吗？那就无数次地修改。

成绩的提高是有目共睹的，宓莹的设计水平在不断提高，连可恶的陆教官都有了赞扬。

宓莹在心里淡然一笑。不就是个努力吗？别人休息的时间拿来努力练功就好了。

又过了一段时间，某一天，有人发现陆教官在下课后跟在宓莹的身后嬉皮笑脸说着什么，宓莹惊悚地躲来躲去。

有人惊觉：有好戏看了！

谜底很快就揭开了，原来是眼里只容得下校花女神的陆教官居然在追那个总被他训斥的宓莹，宓莹受宠若惊，觉得陆教官一定是吃错了药，或者哪根筋搭错了，甚至是在变着花样恶搞她。

于是就出现了非常别扭好笑的画面。

在上课的时候，宓莹偶尔还会被陆教官训得低着头红着脸，手忙脚乱地改图纸。下课之后，两个人的角色反转，宓莹抬起高傲的头沉默不语在前边走，陆教官跟在后面小心翼翼说笑话段子，就剩卑躬屈膝。

这简直成了一道奇观。

陆教官什么时候开始喜欢上宓莹的呢？

或许是因为看到她一直的努力，或许是看到她擦干刚刚哭红的双眼来找他请教，却没有任何抱怨。陆教官喜欢上了坚韧、淳朴的她，而她隐藏的脆弱更是激起了他的保护欲。他突然发现这个小姑娘简直是个宝，是一块尚未雕琢的玉。那些女神校花什么的跟她相比简直弱爆了，她是真的很美丽。

可是，这个角色的转换宓莹还是一时间接受不来。

怎么说都是不可思议。

已经习惯于他的满脸黑线，如今换上灿烂的笑容，怎么看怎么像戴着伪善的面具，看起来甚至让人有点不寒而栗。陆教官的热烈爱意，让宓莹逃到十万八千里外。

所以，陆晨东的追求并不是很顺利。

宓莹脸色绯红，直接的挡箭牌是："师生恋是不合适的。"

陆晨东就急了："哪里就是师生恋了？我是你师兄好吗？才大你几届而已。"

宓莹嘿嘿一笑："那请问给我上课，训我的是谁呀？"

陆晨东说："知道了，你还敢记我的仇！"

3

那时候宓莹一直想参加服装设计大赛，那一年她报了名，陆晨东说："以你目前的实力，还不足以拿到奖项。"宓莹以为他又想打击她，没想到第二天他给宓莹联系了一个知名品牌设计师，让她跟这位设计师学一段时间，提高一下自己，然后再去准备参赛作品。

宓莹到那个品牌公司跟那位设计师学习了半个月，每天下午三点钟下课就去，晚上才回。半个月的确收获颇丰，之后开始准备参赛作品，可是第一稿就被陆晨东否了。他直截了当地说："创意不够，重新设计。"

宓莹想说："你是评委吗？"没想到陆晨东替她说了出来："我就是评委，你至少得在我这里通关，才能有一线希望，懂吗？"然后就抛下宓莹一个人在教室内。

宓莹看着他的后背就想说："有你这么追求人的吗？一点诚意

都没有，傻子才相信你的鬼话。"

那陆晨东好像背后长了眼睛，知道宓莹心里在说什么，他回过头笑着说："哥这是对你负责，这样你才能成长。"

在陆晨东的各种挑剔下，宓莹的最后参赛作品获得了当年那次大赛的二等奖。

陆晨东在宓莹获得大奖之后理直气壮地去邀功，表白成功，终于赢得美人芳心。

宓莹一直都很低调，一直强调自己并不是很有天赋，也正是因为天赋一般，所以她才从未停止努力。多年以后，她仍然还有社交恐惧症，可也正是因为这一点，所以她喜欢沉静，也更加能够专注地去做一件事。当然，她也很感谢亲爱的陆教官，一直不懈地做着一件事，就是对她各种挑剔。那也是一种爱，希望她变得更好，不断地鞭策她飞向新的高度。

怎一份执念，步步登攀，战胜了平凡。

怎一份迷恋，策马扬鞭，成就了不凡。

人生如此绚烂。

斗转星移，终成参商隔天际

林深时见鹿，

许你到白首。

昨夜星辰依旧，

茫茫宇宙难聚首。

欲语还休。

本人现在在日本九州地震的中心，几天来每天余震无数，高速不通，JR新干线脱轨，飞机停飞，公共交通已经中断，我已无法离开此地，哪位朋友在九州的私家车准备去往东京，恳请好心的朋友带我一程，不胜感激！我日本电话：×××××××微信：N××××。

2016年4月14日晚，这条帖子被某知名互联网网站置顶，跟帖无数，于是，很多人才知道日本又发生了特大地震。

发帖的楼主井然在此后的几个小时手机被打爆，远在国内的朋友纷纷伸出援手。大家都集思广益告诉他脱离那里的办法。一小时后，他等到了一辆私家车，开车的司机确认了他的名字，请他上车。井然深表感谢，司机说："不必感谢我，我受朋友之托立即赶过来的，专程送你去东京。"

井然诚恳地问那位朋友的名字，司机说："她叫名川千美，中国名字叫顾西西，是我的研究生同学。"

顾西西。井然好久说不出话来。

1

井然第一次见到顾西西，是在大学社团的新生招生会上。各大社团在小礼堂各自圈地，在自己的小领域立个标杆或者拉个横幅，上面庄严地写着社团的名字，每个社团的几个负责人坐在长长的台桌后，给前来咨询的同学分发传单和章程。

井然在礼堂里正四处逡巡，就看到了一个很潇洒的姑娘走进来。她是很潇洒，容颜姣好却毫不扭捏和做作，只在门口环视了一圈，便直奔礼堂正中央的文学诗社去了。他在她的名字下方签了自己的名字，她的字跟人一样潇洒，她的名字也很好听，叫顾西西。

诗社要求很严格，会对新入社团的同学进行考核，考核的内容是要在规定的时间内写出两篇古风诗词，要符合诗词韵律，意境通达，文采过人。顾西西一落笔便显示出出众的才华，考核小组一致认为是成绩最好的。所以S大学新一届至尊才女诞生了。

井然其实是进来凑热闹的，他对古诗词的兴趣远不如对这位才女的兴趣。他很谦虚地向顾西西请教，她的那个诗词里边某句话、某个韵脚是怎么想出来的，顾西西是个热心肠，总是很耐心地教他。

诗社常常给校报供稿，所以顾西西的作品经常被刊登在校报上，那些桀骜不驯的平平仄仄仄仄平在顾西西的编排下，节奏鲜明，在他眼里成了这世上最动听的歌。

井然向往跟女神同步，在那段时间刻苦学习，写了很多古风诗词，也有个别诗词荣幸地被刊登，个别"成名之作"还深受顾西西赞叹。

诗社内部其实有不同的派别，有一个专门的周杰伦小组，那里聚集着喜欢周杰伦的同学，不知怎么居然成了诗社的最大派别，大有吞并其他派别之势，后来诗社进行了改革，演变成了以现代诗歌为主、古风为辅的诗社。

如此，正合井然的意。

井然对顾西西的喜欢谁都看得出来。一开始他写诗还是用隐喻，后来就明目张胆，每首诗歌都明确看出是写给顾西西的。

后来有一天井然来找顾西西说："西西，你得帮帮我，下午社长说准备将我开除了，说我写情诗骚扰你。"

顾西西说："啊，好的我帮你，可是该怎么帮你？"

井然一脸愁苦地说："要不，你当我女朋友吧。"

善良的顾西西为了解救井然于危难之中，被他轻松搞定。

顾西西是学校的名人，井然更是。井然便是传说中的富二代，井然的爸爸在东南海一代有很大的家族企业，只不过井然的家教很严格，少了很多公子哥的作风。

所以，他们的爱情自然是整个S大的焦点，更有自以为是的所谓达人乐于预测他们的爱情般配指数和成功概率。

顾西西是个潇洒的姑娘，从来不把这些放在心上，她和井然都认为没有什么能阻挡他们的爱情。

2

两人轰轰烈烈地相爱了两年半，在大学三年级，顾西西因为学习成绩优异，意外获得被学院派往日本留学的殊荣。

甲之蜜糖，乙之砒霜。人人艳羡的机会顾西西却觉得隐隐不安。顾西西舍不得井然，此去一别，不知何时是归期，她怕他们的爱情会迷路。

命运就是这般残酷，幸运和不幸就在一念之间。

顾西西本来是不想去的，可是系主任亲自找她说这是学校几年才有一次的机会，这唯一的机会只有她才有这个资格。她的妈妈还准备亲自来学校帮她办理手续，准备出国事宜。

井然没有挽留，因为没有充足的理由，他不能够阻挡她踏上变得优秀之路。

一个半月后，顾西西去了日本留学。

正是樱花烂漫的季节，随处可见樱花盛放。学校有专门的留学生公寓，就在学校后面的山坡上，她的住处只有15平方米左右，有单独的厨房和浴室卫生间，安静又很安全，很适合休息和学习。日本人更新电器很频繁，所以热心的同学很容易地帮她从朋友那里弄到不用的音响和电视，以及冰箱，都是日本朋友们不用的，几乎都还是新的。

当然有很多不适应，日本的电压只有110伏，带去的很多电器是带不动的。

和许多留学生一样，顾西西也去兼职打工，不过她只做家教，不做别的零工，其余大部分时间都用来专心学习，所以成绩一向名列前茅，年底的时候获得了不菲的奖学金。

她到了日本有诸多不便，和井然的联络沟通不畅，不得已减少了很多。

渐渐地，顾西西习惯了那里的生活，只是有一件事始终让她恐惧，那就是频繁的地震。

顾西西刚去那会儿，在饭馆里吃饭，电视里播放着地震的新闻，可是饭馆里没有一个人有反应，都在不紧不慢地聊天吃饭，那老板娘还在悠闲地哼着歌，仿佛电视里在说着一件最平常的事。只有她一个人怕得要死，让她怀疑自己是不是传说中的先知，只有她一个人知道世界要毁灭了，所有的人都不知道，那种感觉无力又绝望。

每到这个时候，她特别想念井然，她会想如果他在身边该多好，经常不知不觉眼泪就流下来。

大半年之后，她隔壁住进来一个中国留学生，没想到这个女生比她还胆小，每次地震大半夜的赤脚跑出来敲西西的门，西西便整夜不能睡。

西西掐着指头算时间，好不容易到了大四，期盼回国的日子。这时候这边的学校已经特许西西可以继续读研，只需两年就可以毕业，可是她还是决定回国，放弃这次机会。

未料，下学期初，井然有一天深夜打来电话说他爸爸去世了，他需要立即回家，爸爸的公司已经乱作一团。反正现在是大四，课程基本结束，剩下的论文写作，只好抽时间了。

之后，西西好久都没能联络上井然。

彼时，井然正在和同父异母的哥哥争夺遗产。

井然不得不争，因为不光为自己，还有为他的妈妈。

从他爸爸去世的那一刻起，他的人生就已经不能按照自己的心意去过活。他家需要的不是高学历的才女，而是能够和他一起撑得起来产业的商业精英。这个合适的姑娘，他妈妈早已选定。

从井然的静寂无声，西西便已经知道，他们的爱情终于还是走到了穷途末路。

几经挣扎，却抵不过岁月的捉弄。

西西选择继续留在日本读研，两年后再回国工作。

3

2015年西西回到中国，在L大学任教。井然有一次出差到A市，本来想去L大看她，却在去的途中有急事需要立即赶往B市，终究还是错过。

井然在2015年秋曾去过一次日本，到了西西当年留学的学校，去看她住过的房间，去她经常去吃的那家餐厅，走了她走过的路，只可惜不是春天，没有看到烂漫的樱花。

2016年4月，井然再次去日本，却因地震被困在九州，向国内发起求救，收到温暖无数。

而"顾西西"这三个字，是他整个生命最强悍的震动。

林深时见鹿，许你到白首。

昨夜星辰依旧，茫茫宇宙难聚首。

欲语还休。

我的似水流年，你曾缺席

光影斑驳，往梦依稀，
一场春雨一幕戏，
而后，
你向往星辰大海，
我奔赴红尘万里。

——我们是不是在哪里见过？

——对不起，你认错人了。

苏伊偶尔会想起那天在画展上的情景。事实上，他说得没错，他们见过。只不过，太久了。久到他已经记忆模糊，而苏伊已经不想再记起。

1

十年前的吴喆就已经气宇不凡，那应该是因袭了家族的一些传统。听说他的家世很显赫，他的曾爷爷还曾经是黄埔军校的高级官员，他走进绘画班的时候，那么小的一个教室似乎无法容纳下他的万丈光芒。

很巧，当时只有苏伊旁边的座位空着，于是，他就在她身边坐了下来。

那时候苏伊还能够有条件去绘画班学习，这个绘画班的邹老师很有名气，曾在中央美院进修过，拿过很多大小奖项，所以慕名而来的学生尤其多。苏伊从小喜欢画画，课业再忙也要抽出时间来画画，当时在这个绘画班里是翘楚。

刚来的吴喆看旁边的苏伊作画甚至移不开眼睛，她极其专注，仔仔细细描着工笔，一笔一笔小心翼翼，好半天过去了，却还只是描出一点点孔雀的尾巴，不过那颜色真是漂亮啊，他甚至禁不住啧啧赞叹了下。苏伊仿佛被吓了一跳，这才发现，原来有个男孩在她身边落座。并且，这个男孩她认识，叫吴喆，大家都知道他。他们同一个初中，只是不同班级。

吴喆很快就跟苏伊熟悉起来，可是这女孩有点冷清，别的女孩都主动将画笔借给他用，还给他讲该怎么画，可是苏伊就像看不到他，只是专心画画。吴喆不甘心，因为老师也说了这女孩是这里画得最好的，让他跟女孩多学习。于是他总是问苏伊："是不是应该用这只画笔？我这样画对不对？"

有一天吴喆问老师："我要学多久才能超过苏伊？"邹老师笑了，若有所思地说："你超过她比较难，她不仅有天赋，还非常努力，坚持下去的话，将来必有成就。"

以邹老师的权威，他的这番话让所有人相信苏伊便是中国未来的艺术界大家。他不知道这句话后来一直成为苏伊人生中唯一的灯塔，照亮了她的整个人生航向。

吴喆之后就对苏伊更加感兴趣，甚至对苏伊的兴趣超过了对画画这件事的兴趣。他经常带来些糖果和零食，零食老师是禁止吃的，因为画画需要专心，也会弄脏了画纸，所以苏伊不要。而糖果只要放在嘴里就可以了，苏伊还是吃了他的糖。苏伊吃了吴喆的糖之后，果然，和他的关系近了很多，偶尔下课之后还帮他画素描算作答谢。

半年的时间，他们已经成为非常要好的朋友，可是命运总是让人措手不及。在一个雨天之后，吴喆再没来过绘画班。开始的时候苏伊以为他生病了，可是没几天邹老师说吴喆被他爸爸送出国了。同学们一片唏嘘："那他还回来吗？"

"不知道了。"邹老师这样说。

可是，苏伊答应他的素描才画了一半，该怎么给他呢？

2

苏伊在邹老师的绘画班度过了很美好的一段时光，可是很快阴暗的日子便到来了。

苏伊在绘画班学习的时候，她爸爸工作的那家广告公司效益还不错，可是没多久公司业绩出现滑坡开始裁员，她爸爸被第一批裁了下来。后来她爸爸找了好久都没找到合适的工作，就拿出积蓄在家附近开了个小超市维持生活。苏伊的妈妈有个小的女装店在一家商场里，一直也不景气，她妈妈大部分时间都是在打麻将。打赢了很高兴，打输了就骂她爸没出息。

所以苏伊的家里常年都有牌局，她妈妈全神贯注地和几个牌友打牌，经常没有时间烧饭，让苏伊去给弟弟煮泡面，她也只会煮泡面。苏伊的弟弟小她三岁，是她爸妈的心尖尖。虽然家里不富裕，但是同龄孩子该有的东西，她爸妈都会买给他。

对于苏伊学画这件事，她爸爸是极力反对的，因为学画需要买大量的颜料画笔，对这样的家庭来说是件奢侈的事，更何况他们还要给弟弟留些储蓄上大学。毕竟弟弟是男孩子，光耀门楣就靠他了。苏伊一个女孩子能有什么出息，一切要给弟弟让路。

所以苏伊不久就失去了再去绘画班的资格，她爸爸已经不打算再给她交学费了。苏伊来邹老师家收拾东西的时候哭得很伤心，邹老师摸摸她的头发，问她："苏伊，你很喜欢画画是不是？"苏伊一个劲地哭着点头。邹老师抱了抱她，说："苏伊，老师不要你的学费了，你继续来学吧！"

"真的吗，邹老师？那我将来学成了，会报答你的，老师！"苏伊哭得更凶了。

从那时候起，苏伊懂得了一个词：恩重如山。

邹老师便是苏伊一生的贵人、恩人，对她恩重如山。

苏伊的天分让邹老师很早便预见到她将来的造诣，她很喜欢这个勤恳的女孩子。在邹老师的帮助下，苏伊终于得以继续绘画。高考之前，苏伊是不能够像很多孩子那样花高昂的学费去找哪个专业老师突击的，可是邹老师很有把握地告诉她："你不需要，你只需要在考场上正常发挥就没有任何问题。"

果然，苏伊的天分再一次得到眷顾，她以排名第二的成绩顺利考入××美院，邹老师听到这个消息的时候哭了。

可是苏伊的学费还没有着落。她爸爸妈妈其实是没打算过她真能考上大学，学个普通专业还可以，仍然是学艺术，这个花销她爸爸还是觉得很奢侈。他是不肯相信苏伊将来会成什么艺术家，再说，艺术家又不当饭吃，要那个空头衔有什么用？所以他告诉苏伊："你如果实在想念，我可以先给你拿学费，但是我就这么多储蓄，这钱是你和你弟弟两个人的学费，只有一半是你的，另一半是你弟弟的，你先都拿去用，以后挣钱了还给我一半。"

爸爸说得似乎合情合理。苏伊只要能读大学，只要能继续学画，她将来翻倍还都愿意。邹老师是从心眼里喜欢苏伊，也心疼这个女孩，二话不说，赞助了苏伊几千元的学费。

苏伊上了大学便开始给杂志投画稿，也在专门的网站卖画，挣了一些稿费，基本上能够维持自己的开销，没有再从家里拿一分钱。

苏伊在大学四年期间参加了许多比赛，获得过多个奖项，毕业的时候因为成绩卓越，直接被留在××美院任教。她说话算话，在工作半年之后，便将爸爸的那笔款还给了他。

对于父母，苏伊说不上恨，每每想到他们，总是觉得很难过。他们喜欢弟弟，可是弟弟最终也只是考了个二本学校，一个很普通的专业。

3

苏伊还记得吴喆，还记得当年没有画完的那个素描。吴喆的记忆里，也曾经有一个特别会画孔雀的小女孩。

那天在画展，吴喆和她擦肩而过的瞬间顿住脚步，停下来问她："我们是不是在哪儿见过？"

她笑笑说："对不起，你认错人了。"

有些记忆还是停留在原地比较好，也只能留在那些美好的时刻。

这些年，她经历了困窘、委屈、考学、失败、挫折，成长中必不可少的一切。这些他都没有参与。而这些，有一个人一直陪着她走过。那个叫俞达达的胖子，是邹老师的儿子。

也不知道俞达达是从哪一天开始，用什么法子偷了她的心的，大概有太多的瞬间让她忘不掉。高考她从考场出来，是他顶着当头烈日来接她，她生病的时候不想吃泡面，他带她偷偷去吃烤鸡。还有他不放心她一个人在这个城市读书，他大学毕业便来这里工作。就在刚刚，他还打电话过来说他买了她最爱吃的烤鱼。

几天前，一个很熟的朋友举办party，苏伊去了，可是透过包间的窗户，她看到了吴喆。苏伊想了想，便没有进去，离开了。

吴喆此番回来，是作为吴氏企业的继承人，据说当年因为家族政变，他爸爸为了保护他不受牵连，将他送到国外韬光养晦，多年以后的今天，他步入江湖，已经不容小觑。

可是，那跟她没有丝毫的关系了。

他的人生一定也不平坦，她也没能有幸参与。

所以，他们分属不同的世界，有不同的人生和风景。

她还是爱那个胖子，想跟他牵手走过每一天的平淡岁月。

楼宇间巨型电子屏幕上是他的身影，清俊潇洒，卓尔不凡。

可是，只能就此别过。

如同向往事告别，向旧时光告别。

珍重！

光影斑驳，往梦依稀，

一场春雨一幕戏，

而后，

你向往星辰大海，我奔赴红尘万里。

你在遥远他方，

远隔山川星河。

在我锦瑟年华，

最特别地存在过。

纸短情长，

我对世界大声说，

信仰从未更改过。

钱家的女儿向来叛逆，这似乎已经成为不变的定律。

从祖辈太奶奶到奶奶，再到姑姑，就没有一个在爱情上不跟家人叫板的，所以，钱芮觉得自己的抗议运动天经地义。

没多久以前妈妈还拿钱芮姑姑从前的趣事说笑呢，没料到以前的旧事都成了钱芮的挡箭牌，估计这会儿妈妈都后悔死了。

可是妈妈她怎么可以这样对邓轶？这根本不公平。

1

在整个北城区，邓轶算得上是最出色的少年，他跑起来虎虎生威，说起话来义正词严，做起事来侠肝义胆，很有《天龙八部》里萧峰萧大侠的气度，所以从很小的年纪起就受到很多女孩子的仰慕。

想当初，邓轶还是钱芮千方百计从别的女孩子手里抢来的。在成长岁月里，钱芮最讨厌的一个词就是"善解人意。"她妈妈每次教导她女孩子一定要善解人意，这样，男孩子才会喜欢。如母亲所言，那女孩就是因为善解人意博得了邓轶的青睐。本来，在一群小伙伴中，邓轶一直对她情有独钟，她总是会受到邓轶特别关照的那一个，可是有一段时间邓轶的关注重心分明已经移向了那个叫樱子的女孩。还不是因为那个樱子经常随身携带着湿巾，每次小伙伴们疯跑玩耍累得满头大汗，她便适时地掏出湿巾递给邓轶擦擦汗。所幸钱芮聪明，稍稍用了点小谋略，自己去服饰店买了一对漂亮的耳坠，悄悄告诉樱子说那是邓轶送的，樱子第二天便没再来跟他们一起混了，自动退出了。简直是不战而胜啊，对于这样毫无战斗力的女孩，钱芮心里甚至闪过怜悯之情。

邓轶一直都是少年里的楷模啊，他一个人包揽了全省中考冠军、高考冠军这样重量级的奖项，这样的年轻人不是一直是这些父母、大人欣赏的吗？还有他青春年少就已经开始自己创业，上了大学便带领自己的小团队勇闯电商行业，做出的成绩甚至让前辈们赞叹，引来媒体的关注。

邓轶一直都跟钱芮聊得来啊，他们都对彼此的世界很感兴趣，都恨不得每天黏在一起，谈天谈地吐槽、八卦、读书和嬉戏，好像彼此是生命的原动力，所以今生怎能不在一起？

还有，两个家庭一直也都很好啊，在节假日有时候还是一起庆祝的！邓妈妈还经常送饺子过来给钱芮吃，钱芮的爸爸也经常送过去新鲜的海鲜和地方特产。

所以，钱芮要成为邓轶的新娘不是可能，是必须，是毫无悬念的未来之旅。

2

钱芮是从什么时候开始发现邓轶和别人不同的呢？

似乎是大二那年夏天。那个夏天实在是不太寻常，天气预报说最高气温达到39度，可是马路上烫得都能煮蛋了。那个傍晚很怪异，钱芮和邓轶刚看完电影从影院里走出来，正值电影散场，人疯狂往外拥，他俩于是走上人行路，十指紧扣快乐幸福地说着电影里的角色和桥段，不料一辆自行车从身后蹿出来，走在左边的邓轶来不及闪躲，一下被撞到左腿。那骑车的人停了一下本想继续向前骑，钱芮却见邓轶的腿开始流血，便生气地吼了起来："你长脑子了吗，人行路上骑车？"那人赶紧下车连说："对不起，有急事，实在抱歉。"邓轶挥挥手说："没事，走吧。"那骑车的人便一溜烟仓皇逃跑了。

也真是奇怪，只是被一辆自行车撞了一下，邓轶的腿便流血不止。两个人匆忙去了钱芮妈妈上班的医院，多么巧，钱芮妈妈在值班。她一边责怪他们俩不小心，一边让护士给邓轶包扎，抽了个血。可是从那之后，钱芮妈妈就特别反对他们在一起。

钱芮怎么想也想不通：妈妈这是怎么了？没见邓轶哪里有做错啊，还是那个她看着长大的邓轶啊。妈妈以前那么喜欢邓轶，现在一提到邓轶就摔筷子翻脸，狠狠地说，要是再看见她跟邓轶继续恋爱，就打断她的腿。钱芮猜不透妈妈这是哪根筋搭错了。

钱芮就想，大概是妈妈想起跟邓阿姨的新仇旧恨了吧，妈妈跟邓阿姨年轻的时候是闺密，后来两人爱上了同一个人，后来不知为什么，两个人都没跟那个人在一起，她俩都分别嫁给了那人的好朋友。反倒是她俩这些年一直住得很近，最近听爸爸说那个人生活得不太如意，可能会来这个城市。或许勾起了陈年往事，妈妈对邓阿姨有怨怒，而牵怒于邓轶吧。

可是邓轶也很不争气，越来越懒散，钱芮每次去找他他都在睡觉，给他打电话他也总是在睡觉。他不再喜欢陪钱芮去逛街，也不太关注创业的进程，整天昏昏沉沉，生活在梦中。钱芮不知道邓轶这又是哪根筋搭错了，有时候见他睡觉就用手捶他，拎起他的耳朵，让他醒醒。

邓轶开始讨厌钱芮。他总是鸡蛋里挑骨头，嫌钱芮说话的声音太大，走路不够淑女，穿的衣服没有品位，读的书不够多，甚至写的字不够秀气。钱芮觉得好委屈，他不是说喜欢她的一切吗？以前还一起笑话林志玲的娃娃音，她的衣服大部分都是他们一起买的呀，还有读的书也大部分都是他给挑的，以前还称赞她写字跟走路一样有特殊风范。可是转瞬之间，美的都变成了丑的。

终于，邓轶狠狠地说："你离我远一点，我不喜欢你这样不矜持的女孩子！"钱芮蒙在那里："我不矜持是因为我喜欢你呀！"钱芮委屈地哭，邓轶猛转过头去，咬牙切齿地说："你滚开，我不想见到你！"

钱芮伤心地跑开，可是她还是很爱他啊。

3

之后两人便足足半年没有相见。

毕业之后，邓轶还是那个样子，每天在家睡大觉，既不急着找工作，也很少出现在学校。钱芮去他家找他，看他萎靡的样子，痛心地说："邓轶，你真是太让我失望了。你不爱我没有关系，可是我不想看到你这个样子。你能不能振作点？你到底是怎么了？"

邓轶仿佛和她的父母联合起来，在打击她对爱情的信仰。

直到有一天，她去医院找妈妈，听到了妈妈和邓阿姨不同寻常的谈话。邓阿姨正在哭泣，妈妈一边劝说一边解释病情，是邓轶的病情！

原来邓轶已身患白血病，余下的生命所剩无几。而他的主治医生是她的妈妈！

难怪他只是被撞了一下便流血不止，难怪邓轶总是昏昏欲睡，难怪他会对她恶言相向，难怪妈妈会禁止他们在一起。

她的腿在颤抖，她的头在晕眩。她疯了一样扑进门，向她妈妈和邓阿姨吼："你们都是大骗子，布置了这么大的骗局，就是为了让我离开他！我恨你们！我恨你们每一个人！"

钱芮跑到邓轶家里，邓轶打开门，她便扑到他怀里抱紧他痛哭："你这个大骗子，大骗子！你告诉我你爱不爱我！"

邓轶猜到一定是真相大白了。他轻抚她的长发，说："我爱你，小芮，从来没变过，对不起。"

钱芮哭着说："没关系，他们反对也没用，等着瞧吧，我就要做你的新娘！"

第二天中午，钱芮妆容精致，穿着邓轶最喜欢的那件玫红色长裙来找他，神秘兮兮地打开包包，拿出户口本跟他炫耀："瞧，这是什么？我们一会儿就去登记，谁也拆不散！"

邓轶苦笑着吻了她，拗不过她，换了衣服，拿了户口本，和她一起出了门。

本来已经说好了的直接去民政局，可是经过海边的时候邓轶说，他好久都没看海了，想看一会儿海。钱芮只好跟他下车陪他看海，他脱掉鞋子往沙滩走，钱芮陪他一直走向夕阳。

已经过了民政局下班的时间，钱芮埋怨他中途变卦，他说："小芮，今晚陪我看日出吧！"

钱芮买来吃的，两个人在车里一边有一搭无一搭地聊天，一边放着音乐等日出。更深露重，他因为有点冷而微微发抖，钱芮给他裹上毯子，他困得撑不住，很早就睡去。他在钱芮的怀里睡得很安稳。

黎明终于来临，东方的天色微微泛蓝，太阳只在海面一点点探出头来。她叫醒他，拉着他下车，他从后面抱紧她，看那太阳喷薄而出，天光一点点变白。

新的一天开始了。

4

几天之后，邓轶去了美国治疗。他再也没有回来。

邓轶不想让钱芮看见自己一天天衰落，一点点败亡。而钱芮答应他，不去看他。

半年后，钱芮去了美国，抱着他的骨灰回来，接他回家。

她爱他，从来未曾后悔过。

你在遥远他方，远隔山川星河。

在我锦瑟年华，最特别地存在过。

纸短情长，我对世界大声说，

信仰从未更改过。

有多少时光挥霍在思念和犹豫，
想来此恨绵绵无尽期。
不论身处何种境遇，
都要有美的姿态，
爱得酣畅淋漓。

南溪最怕过节，尤其最怕过情人节。

所以，为了避免情人节这天自己作为被全世界遗忘的人会很寂寞，她主动替导播小美值晚班，小美千恩万谢地去过节了。

她并没被全世界遗忘，因为没一会儿她就听到主持人若晴在节目互动环节调侃她说："最佩服的就是我们的导播南溪，永远有颗女汉子心，从来都是主动追男生，却都没有成功过。这么励志的姑娘，有没有哪位男生勇敢点来追我们可爱的南溪导播？我们今晚的导播就是可爱的南溪。那个勇敢的男生，我要听到你的声音，请问你在哪里？"

南溪扯了扯唇角，龙飞凤舞写了个字条悄悄递进直播间，然后若晴便又爽朗地笑："哈哈，我们可爱的南溪在问，今天情人节特别节目莫非改成相亲节目了？怎么没人预先通知她？她也好化个美妆。"

1

或许是单亲家庭的缘故，南溪年纪很小的时候就开始企盼爱情，企盼自己快点长大，可以有一个人保护自己，疼爱自己。可是很不巧的是，和她同龄的男孩子们大多成熟很晚，在她心里已经有某种情愫萌芽的时候，那些蠢笨的男孩子还只知道玩蚂蚁和到处疯跑，而当她再大一点，已经将《红楼梦》和《徐志摩诗集》烂熟于心，学会触景伤情伤春悲秋的时候，那些男孩子也还停留在沉迷于打游戏的阶段。所以，同龄的男生在心智成长上总是跟她差一大截，跟不上她的步伐，她的眼光自然就会投向年长的男生。

他们阳光、成熟、稳健、温文尔雅、风度翩翩、谈吐不凡，总之，在她看来怎么都是吸引人。那样朝思暮想之后，她便果敢地去追求。

那串号码她从高二就记熟了，在禁止早恋的高中时代，那串号码给了她无限力量去刻苦学习。她一直期待着有一天，她能理直气壮地叫他的名字："嘿，叶鑫，我是你学妹南溪。还记得我吗？我就在你的邻班呀。"

那一天的确出现了。在第二年，南溪很争气地考上了叶鑫的大学，成为他的学妹。叶鑫大概是很恋旧的，那串手机号码没有变，只是，他的脚步不曾为她停留。

南溪站在他的宿舍门口，拨通了他的手机。就如梦境里一般，压抑着兴奋，听到他好听的声音："你好！"然后她说："嘿，叶鑫，我是你学妹南溪。还记得我吗？我就在你的邻班呀。"

可是叶鑫沉默了好一会儿才客气地说："哦，你好，南溪。有事吗？"

南溪仍然兴奋地说："我现在就在你的门口呀！"

叶鑫又沉默了一会儿，说："哦，是吗？"

之后，他宿舍的门开了，却不是叶鑫来开的门，而是一个高个子姑娘，眼神清冷，神情高傲，瞥了她一眼说："叶鑫的学妹？进来吧！"

叶鑫站在桌旁客气地说："请进吧，南溪。"他在微笑，那微笑却很疏离。

原来，叶鑫已经有了女朋友。原来，喜欢他只是她一个人的事。他从不知晓，也不需要知晓。

南溪只好佯装借书，匆匆落荒而逃，临走的时候还面带笑容说"谢谢学哥"，可是走出宿舍就跑起来，泪水横流。

是啊，像叶鑫那样优秀的人身边怎么会没有人追求？想想自己，没有特别出色的容颜，没有高挑的身材，走在大街上就会被淹没在人海里，没有任何出众之处，凭什么要求叶鑫爱上她呢？

其实理智一点，应该放弃不是吗？可是，她还是喜欢他呀，还是想靠近他，看到他的样子，听到他的声音——那曾是伴随她奋斗前行的动力源泉，如何能轻易舍弃？

2

于是，她开始了漫长的追求之旅。

不过，叶鑫的女友是个聪明人，她精明的双眼大概是照妖镜，南溪的企图一开始就被她识破了。有一次他们老乡几个人一起去野外午餐，南溪一个人在烤羊腿，那女友见大家都忙着聊天说笑，叶鑫跑很远去拾柴，她便凑到南溪身旁不屑地说："别以为我不知道，你最好死了这份心，你根本不是叶鑫的菜，他不喜欢你这类型。别说我没提醒你，你再固执下去会死得很难看。并且，实话告诉你，他也不是什么善良的好人，他一点都不会领情。"

叶鑫的女友刚开始教训她的时候，南溪只是沉默，可是最后她抬起头诧异地望着女友，她怎么会在背后这样说自己的男朋友呢？难道只是为了给她泼冷水吗？

不久，南溪便听说他们分手了。这个消息还是他的女友打电话告诉南溪的，她似乎喝醉了，一边哭一边骂叶鑫，最后告诉南溪说："他是你的了，喜欢你可以拿去了，只是别后悔，哈哈。"

可是叶鑫没有给南溪机会，南溪再见到他的时候，正撞上他和一个女孩拥抱。南溪倒像是犯错的那个，慌张地从小路跑了。那个女孩她认识，是尤娇，三大校花之一。

叶鑫仍然和南溪维持在友谊范围内，不超越，也不疏远，直到他大学毕业，彼时南溪大学三年级。叶鑫和尤娇还是分手了，因为似乎是毕业季的一大潮流。不知道是因为毕业去向不一致还是已经爱到厌倦不想继续在一起，所以才想各奔东西。

叶鑫去了F城，南溪去火车站送他。临别的时候，叶鑫拥抱了南溪很久。

因为这一个拥抱，南溪哭着说："叶鑫，我还会去找你，你等我。"

一年后，南溪大学毕业，义无反顾地去了F城，工作找得不顺利，但是因为这是叶鑫的城市，总归是快乐的。在无数次的应聘失败之后，她终于落脚在这家电台做导播。因为她强大的文字编撰能力和创意精神，工作得心应手，做得很开心。

可是，叶鑫的手机号码换了，她已经打不通他的电话。

再见到他的时候，他第一句话就是："南溪，对不起，我只有十五分钟，要去赶时间开一个很重要的会议。"她愣了下说："哦，那去忙吧，我也刚好要去录节目。"

然后，他们就再也没有了然后。

半年之后，一次节目组请到很优秀的腾律师做嘉宾，南溪对腾律师一见钟情，仔细盘查自己身边的人、家里亲戚最近有没有遇到民事纠纷，以便她作为借口去找腾律师帮忙。结果腾律师没几天便识破了她的诡计，笑着说："南溪，你认我做哥哥吧！我比你大六岁，过几天你未来的嫂子从国外回来，我们一起吃个饭，介绍你俩认识，她会很喜欢你的。"

"她喜欢我什么用？拒绝！"南溪很有节操地离他而去。

之后南溪又遇到过两个心仪的男士，可惜都是落败而归。

3

同事小美问过南溪："你后悔追求过叶鑫吗？他耽误了你那么多年。"南溪说："主动追求男生这件事，我并不觉得有什么不妥。谁让我是先爱上的那个呢？有人说，谁先爱上，谁就输了。可是我不这么认为，爱情哪有输赢？其实我也应该感谢他，他曾是我仰望的星辰，没有他，我便不会像今天这样优秀。"

蜉蝣的平均寿命只有一天，从蛹中孵化出来后通常只能活上几个小时。它短暂的生命里只有一个目的：寻找配偶。相对而言，我们人类何其幸运，有几十年的生命旅程，然而每一天其实都无比珍贵，不论在事业上还是爱情上，我都愿意做那个勇敢的人。

正在接通热线电话的南溪突然看到节目组的微信平台上突兀地出现一条留言：我来了，南溪导播，已经在路上。

有多少时光挥霍在思念和犹豫，
想来此恨绵绵无尽期。
不论身处何种境遇，
都要有美的姿态，
爱得酣畅淋漓。

没有漫漫长夜何来破晓曙光。

而曙光破晓正是缘于长夜积攒的力量。

不论哪一段时光，

都是生命的馈赠和嘉奖。

你一定在超市或者十字路口见过和父母走散的小孩吧？

那个小孩会号啕大哭，因为对这大千世界感到惶恐和害怕，因为没有父母的庇护便没有了安全感。他还太小，没能学会长大，没能拥有保护自己、独立在这个世上生存的能力。

可是，未必所有长大的孩子都拥有在世间独处的能力。

比如，安全感特别差的巨蟹座女生。

在缺乏安全感方面，在十二星座中巨蟹座排名首位。巨蟹座极度缺乏安全感，极其敏感，多愁善感，情绪的起伏大而强烈，会莫名不安，是一个很需要呵护和关心的星座。

你的身边一定有像陈小珞一般的女生，这些特征陈小珞无一遗漏。

1

2013年夏天的陈小珞就经常坐在北京王府井步行街的长凳上，茫然地看着这个世界，如同走丢的小孩，尽管到处熙熙攘攘，可是她恍如被全世界遗弃，铺天盖地的孤独感将她深深淹没。

在二十二岁以前，陈小珞觉得自己是世界上最幸运的女孩，有姣好的容颜，有溺爱自己的父母长辈，学业一帆风顺，到了K大之后虽然离开了父母，却很快有了深爱自己的男友杜涛。杜涛对她呵护备至，不忍心她有一丁点委屈和难过。所以，苦难和坎坷那都是别人的事，她的世界里只有芬芳和绚丽。

陈小珞是在工作后开始真正领悟了人生的艰险，他们的爱情也便从那天开始走向穷途末路。

杜涛比陈小珞高一届，所以陈小珞上大三时，杜涛已经开始在一家外企工作。因为不能像原来在学校里一般每天无时无刻不在一起，所以陈小珞突然感到了不适应，她开始惶恐他爱上别人。她担心他的圈子里有用心险恶的女人，毕竟杜涛一表人才，玉树临风。

杜涛刚工作，需要适应外企的高压，因此生活节奏逐渐忙碌起来，不能经常陪她，于是她只要下课，只要有时间，就会打电话给他，她需要知道他在干什么，几点回家。她要告诉他，她想他了，她要他每时每刻都记住她爱他。

不知道从哪一天起，杜涛觉得有点烦。因为实在是没有时间耐着性子听这个小女生撒娇，他手里有太多的任务，通宵达旦也很难完成，每一件都需要全力以赴，容不得有半点注意力分散。

终于有一次公司开大会，杜涛要做汇报讲解PPT，杜涛前一晚熬到凌晨终于准备好这一天的汇报。可是杜涛刚开始讲，陈小珞的电话就打了过来，杜涛早已将手机设置成了震动，可是嗡嗡嗡的震动还是扰乱了他的情绪，他微微有一点慌。他深吸一口气，整理了一下情绪继续讲解，可是口袋里的手机却不肯安分，一直不停地在震动，终于将他的精心准备搅了个天翻地覆。他草草讲完，毫无细节和扩展。这次汇报讲解是作为新员工升职前的一次重要考核，结果，杜涛的成绩平平，没能成为第一批晋职的新员工。那关键的二十分钟里，陈小珞给他打来的未接来电总共二十三个。

几天之后，杜涛苦恼地对她说："我们分手吧，小珞。"

2

于是，在2013年夏，陈小珞大学毕业，来到了北京，成为北漂中的一员。当然，自此，她被漫天的孤独笼罩。

失恋的痛苦时常会袭来，身处异乡的艰难让她总是想哭。闭上眼便是所有人都在擦肩而过，只剩下她一个，瑟缩在角落里哭泣。像小时候迷路找不到家，最怕天黑，路上已经没有人，只有昏黄的路灯和灯下的萤火虫，映着这一方孤独。

和她同住的那个姑娘有男友，经常回来很晚，所以工作之余，大部分时间她都是一个人。她一个人在公寓里是待不住的，所以她甚至一个人去看电影，电影散场也不想回去，因为不知道回去做什么。最常做的就是去逛商场，从一层逛到顶层，从时尚衣品逛到首饰专区，再到运动专柜甚至儿童专柜，一遍又一遍不厌其烦地逛，恨不得每个柜台前都要停留几分钟，因为，实在不知道走出这个商场她还能做什么。买什么东西不重要，甚至买不买都不重要，重要的是，必须要去逛，因为如果不去逛，这么长的时间怎样才能打发，怎样才能到夜幕降临。

她曾经坐在王府井步行街的长凳上，看着来来往往熙攘的人群，甚至很羡慕他们忙碌的样子。

而彼时的她，离开父母的庇护，离开杜涛的呵护，一下子在这个世界迷了路，下落不明。她仍然是那个长不大的孩子，仍然学不会独立。

她从来学不会报喜不报忧。她还需要倾诉，需要有人聆听。她永远在不停地给妈妈打电话，问东问西。单位谁的一个眼神，一句无心的话，一个无意的举动，甚至领导的某一个安排都要事无巨细全部跟妈妈报告，像一部录像机，一定要将上班的事情跟家人情景再现，不放过一丝一毫的细微之处。她在那段时期的手机漫游费数都数不过来。

她根本没有学会独立，也无可遏制地任由这种依赖泛滥。而她的妈妈也很乐于听她的实时播报，最好能全程跟踪，知道她的一切生活，她的任何一个喜怒哀乐、一颦一笑，任何细枝末节，微入毫发都在她的眼前。如果能够代替她去完成人生，她妈妈一定会全力以赴。

可是人生毕竟都是需要每个人亲自去完成的，没人能够越俎代庖，有些疼痛必须自己去经历。成长的代价，便是经历挫折和一定程度上的孤独。孤独时光，在人生中是必不可少的重要时光，而每个人都要学会很好地去度过这段时光。

3

陈小珞真正的成长是因为公司的一件事。

那天据说有合作单位来考察，领导专门给大家开会做了充分准备。可是合作单位的人来的时候，没想到带来个日本人。人已经在路上，临时找专业的翻译已经来不及了，人事秘书紧急发了通知：谁会日语？立即来我这儿支援。

陈小珞虽然不是外语专业毕业，但是她在大学的外语是日语。她还在犹豫要不要去找人事秘书，没想到没过两分钟她的内线电话就响了："小珞，我才想起来你会日语是吧？快来救火！"容不得陈小珞考虑，她已经被赶鸭子上架。陈小珞忐忑地陪一行人参观了公司，又相互进行了简单交流。那个日本人也没为难她，问的问题都是很简单的问题，很容易就翻译和应答出来。之后，领导还对她夸赞有加，却不知道她手心里都是汗，心脏还是七上八下的。

陈小珞那个夜里有些失眠，她忽然觉得自己应该做点什么，隐隐感觉有一种力量在前方召唤她。她想起领导对她的称赞，想起同事们看她时羡慕的眼神，那时候的自己看起来一定很优秀吧！并且，她自己也感受到了从未有过的充实和喜悦。她已经知道自己应该怎样做了。

陈小珞报了新东方日语学校，在工作之余开始学习日语。她在大学时已经过了日语四级，所以学起来并不难。她一下子忙碌起来，听说读写译全方位地学习，几个月后就已经有了很大提高。之后，她应聘了一家翻译公司做笔译，几个月下来，成绩已经不小，当然，她也有了不菲的收入。她已经没有时间再给妈妈打电话汇报和请示，她已经有了自己的向往和追求。

忽然有一天，人事经理看着她若有所思地说："小珞，我觉得你变了，变得非常出色。"

2015年，陈小珞不仅已经成为公司员工中的潜力股，更成为公司内部唯一一个专职日语的翻译。

2015年夏，陈小珞恋爱了，男友是一位记者，在一次来公司进行采访时认识了她，立刻被她吸引，迅速展开攻势。她的婚期已经不远，很快要结束独处的时光，陈小珞说她很舍不得。

没有漫漫长夜何来破晓曙光。

而曙光破晓正是缘于长夜积攒的力量。

不论哪一段时光，

都是生命的馈赠和嘉奖。

Part 4

也曾失去，
也曾欢喜

光影记忆，如黑白胶片，

一格一格，倏然而过。

当呐喊终于变成高歌，

不能逾越的是你的隐忍、

坚持、沉默和狂奔。

我一直在期待这样的时刻。

期待你经过万水千山，

终于迎来自己的芳菲。

你可知道，

此刻的你惊艳了整个时光。

你是我黑白世界的彩色画笔，

多少梦想，后会无期。

唯有你，是我生命中的奇迹。

暮暮朝朝，无法忘记。

感谢你给我勇气，

让我从颠沛流离走向你。

　　于沐歌喜欢戴镯子，左手腕上总是七八个细细的银圈，有时候她会换上粗的桃木镯子，戴在她洁白纤细的手腕上，和手腕一样漂亮。

　　可是无人知晓那镯子下藏匿着刺青，是一个"牧"字。

　　那小小的刺青像漂亮的蝶翅，小而精致，镶嵌在她的手腕。一个人的时候，她会在灯下望着刺青发呆，或者望着外面遥远的月亮，一不小心就看到了天光一点点变蓝、发白，再到朝阳喷薄而出。

　　而心中的那个人，那些事，缠缠绕绕，缱绻不断，总是让她无法合眼，无法睡去。

1

那一年S大隆重的70周年校庆大概是为了她和许牧相遇而铺陈的一个盛大的仪式，大二的于沐歌没有料到她的爱情将在这里与她邂逅。

作为礼仪小姐的大二女生于沐歌穿着象牙白旗袍，只用一支细细的翠绿发簪高绾起发，盈盈立在大礼堂的门口的桌前，她对来往进出的校友微微颔首微笑，有人来问她应该坐在哪个位置，她便悉心指点。

渐渐走近的许牧见到于沐歌不由得顿住脚步，有什么东西牵住了他的心房，是她大而澄明的双眼，还是她的若玫瑰初绽般的微笑？是她的象牙白的旗袍还是她的翠绿的发簪？最后他把答案落在了那个翠绿的发簪上，那么一团如云的长发居然只用一支那么细的发簪就可以绾起，那发簪怎么可以那么绿？那一点点的翠绿直逼人眼，直盖过绿色浓郁的整个夏天。

直到那带着若玫瑰初绽般的微笑的姑娘发出好听的声音："请往左边走。他才意识到他已经盯得女孩脸色有些微微绯红。"

许牧的双脚已经听话地朝大厅门口走去，那倔强的心却叛逆地还在她身上寻找，到底找什么呢？他下一秒便找到了。

"你叫于沐歌？"他惊喜地指着女孩的胸牌。

"是的。"女孩又含笑点点头。

"哦，好巧，知道我叫什么吗？"他仿佛在做一个很有意思的猜谜游戏，却又立刻醒悟，女孩怎么会知道他叫什么名字，都素未谋面，于是又说，"我叫许牧，也有一个'牧'字，不过是牧羊的'牧'，哈哈。"

"哦，是吗？欢迎。"女孩似乎也觉得这的确是个很有意思的事。

他还站在那里不想挪步，可后边已经有人上来向女孩问话，女孩忙着回答指点，他有些扫兴地走进了礼堂。

许牧在礼堂里边见到了久违的同学和老师，大家热烈地交谈，热烈地拥抱，但他专注的心一直缺席那么一角，那一角自顾自留在了礼堂的大门口。他频频瞥向那个叫于沐歌的女孩，那一点翠绿直戳得他的心痒痒的，让他有些坐立不安。他有点懊恼刚才为什么没有顺手给女孩一张名片，简直是笨死了。

所以许牧一边在跟老友寒暄，一边一直在心里琢磨，一定得找个机会将名片给她。所以，为了避免人潮拥挤他又失去时机，他没有等到庆典那些固定程序走完便一个人走出来，佯装随意地对于沐歌笑笑，说："你这样站在这里要一天，会很累的吧？"于沐歌笑笑说："还可以。"许牧于是便很自然地从上衣口袋拿出一张名片递给于沐歌说："你得叫我师哥呢。这个拿着，有事可以找我哦，冲我们这么有缘，我保证随叫随到。"于沐歌又绽开那如玫瑰花般的笑容，微一颔首双手接过那名片，那翠绿的发簪在太阳的照耀下闪了一下，又戳了戳许牧的心。

许牧等了一周，每一天都在懊悔：怎么没有顺便问下女孩的手机号码？真是笨死了。他每天都在等陌生电话，每次面对陌生号码的来电都会有点小激动，可是每次听到的都是快递小哥憨憨的或者还带着浓重方言的声音，心情便一落千丈，心烦地高声吼："知道了，放收发室！"

许牧在下一个周一傍晚就出现在了S大校园，他不知道怎么能找到于沐歌，但是他今晚必须找到她。

他在校园里梭巡了好几圈，没有收获，准备再一次从校门口向校园最深处做定向运动，却望见大门口停下一辆出租车，一个女孩子背着背包，拖着个拉杆箱下了车，有点吃力地往里边走来。

他嘴里嘟哝了一句，是在埋怨自己不争气的心在欢喜雀跃。

于沐歌还是用那支绿发簪绾着长发，只不过她换了条乳白色的休闲套裙，露出好看的小腿，许牧一下子感受到了夏日少有的清凉。

许牧阔步走上前，佯装意外地迎上去："嗨，小师妹，这么巧！这是才回来？"

于沐歌的眼中有一点点意外，有一点点惊喜。许牧很确定自己捕捉到了那一点点惊喜。

她笑笑说："是啊，我爸爸今天过生日，我刚在家里吃完晚饭回来。"

"我送你。"许牧一把接过她的箱子。

"这么巧，师哥，你经常回学校来呀？"于沐歌笑问。

"哦……是啊，我常回来看一个师弟，刚要出门就看见你了。你住哪栋楼？"

那个晚上，许牧辗转反侧无论如何没睡着觉，手机里新存入的那串数字他都记得滚瓜烂熟，那串数字连念起来都那么好听。他觉得自己一定是疯了。

许牧的确是疯了。

已经工作一年的许牧对追他的女同事视而不见，疯狂地爱上了刚上大二的小师妹于沐歌。很快，两人陷入爱河。

2

最烈的爱情之酒大概要用最凛冽的风雨酿造。

本来两人已经说好了，这一年许牧要带于沐歌回老家过年，年后就订婚。可是春天的时候，许牧的妈妈打来电话说爷爷病得很重，怕是挨不到过年了，想他想得厉害，想让他回来一趟。那个时候于沐歌正在紧张地准备四级考试，许牧便跟单位请了假，一个人回了老家D城。

于沐歌看到D城发生特大地震的新闻是在许牧走的第二天。算起来，应该是许牧刚到老家便发生了地震。

难怪许牧一直没有打电话过来，于沐歌打手机也打不通，还以为是他那边信号不好，或者是在病重的爷爷身旁，不方便打电话，却原来是发生了天大的事！

于沐歌觉得心里有巨石在从悬崖上下落，那悬崖下边就是无边的暗夜，阴沉而森然，有吞噬一切的力量。

于沐歌不敢看新闻，她要立刻赶到D城。可是到D城的交通已经半瘫痪，飞机停飞，只有一辆火车可以到达，车程要两天一夜。

于沐歌于第三天到达D城，第一次感受到什么叫满目疮痍。到处房倒屋塌，整个城市已成一片废墟，还有惊慌失措的人们，以及连绵不绝的哭声。铺天盖地的阴霾和恐惧将弱小的她包裹，让她无处遁形。

她按照地址找到他的家。果然，一切都已经不复存在。没有什么小区，没有什么单元，更没有许家。

她亲眼看见那些战士从钢筋混凝土下解救出一个个残破的躯体，鲜血淋漓，面目狰狞，有的幸运活下来的人甚至为了保全生命不得不截肢。她不敢想。

她在一家离震中相对较远的小旅馆住了半个月，白天晚上的在医院里穿梭徘徊，可是，许牧依然下落不明。

于沐歌回到学校便病倒了，她爸爸来把她接回家，不准她再住校。好姐妹欲言又止地说："别再找了，那里失联的特别多，这么久没消息，或许他已经……"她便疯了一样，歇斯底里地喊："不会的！他还活着！他还好好活着，我不许你这么咒他！你给我滚！"

3

许牧的确还活着，可是也差一点就死了。他被抬出来的时候已经奄奄一息，经抢救性命无忧，却因为被压在钢筋板下八个小时，左腿骨损伤，治愈后留下后遗症，有点跛了。他的家已经没了，爷爷和父母、亲人都已成亡灵。

其实许牧在重症监护室醒过来的时候，他觉得于沐歌就站在门外。他甚至听到了她的声音。可是他已经不打算再见她了。他从废墟中爬出来，已满身尘埃，那样美好的如玫瑰花般的笑容适合绽放在晴空万里的好天气，还有那盈盈翠绿，适合遇见温润的季节。那串动听的数字，只适合藏在心底永远铭记。

可是许牧不知道，于沐歌大病初愈，手腕上和脚踝处就分别多了一个刺青，是一个"牧"字，那是不能忘却的记忆。

许牧一直生活在沉痛中，也已经打算就留在家乡随便找个事情做，之前从事的什么高科技，此刻都已经没有很大兴趣了。

在全国的支援下，D城渐渐重建，可是许牧的心慢慢被修复已经是一年之后。那一年过年的时候，许牧一个人坐在电视机前吃饺子，忽然在大屏幕上看到久违的倩影。

他不知道她是怎么做到的，能够出现在D城春节联欢晚会上。晚会正在直播，那一刻他就像看到她站在面前。

她是D城失散人员的家属代表之一，对下落不明的亲人讲话。

她说："我最亲爱的师哥，我最亲爱的许牧，我相信你一直还活着，不论你现在在哪里，不论你现在是什么样子，你在我心里都是那个最帅的你，我的世界只有你，我会爱你不论四季，我会等你暮暮（牧沐）朝朝。"

她的泪水零落，一颗一颗敲打着他干涸的心。

他的泪终于泛滥成灾。

立秋的那一天傍晚，于沐歌从家里回学校，车停在大门口，她一个人背着背包，提着箱子下了车，正要往宿舍的方向走，有人从身后走上前来挡住去路。

"嘿，小师妹，这么巧！你住哪个楼？我送你。"

他站在夕阳下，头发、脸庞被罩了金红的光晕，那笑容金灿灿的，那眼似深潭，映出她小小的倒影。

她手中的箱子重重地落在地上。

他抱紧她深深地吻下去，恍如隔了整整一个世纪。

她的泪水流下来。

你是我黑白世界的彩色画笔，

多少梦想，后会无期。

唯有你，是我生命中的奇迹。

暮暮朝朝，无法忘记。

感谢你，给我勇气，

让我从颠沛流离，走向你。

上帝不是神医，
不管治愈。
有些伤痛必须经历，
而后必自愈。

鞠小婵真的去看了心理医生。

目测那心理医生的年纪其实比她大不了几岁，大概是因为职业的关系，他似乎已经看遍世事沧桑，所以有种这个年纪很难得的成熟淡定，举手投足间有种特别的亲和力，让她立刻觉得可以信赖。

可是，她又想到不要轻易靠近。

心理医生站起身给她倒了一杯咖啡，对她微笑了下，然后她便很没立场地把自己的心事全倒了出来。

1

鞠小婵第一次真正关注到男生这个群体是因为闺密春晓的初恋男友，自从他出现以后，春晓就有了不想跟她分享的小秘密，鞠小婵感到了前所未有的难过和失落，才知道男生这种生物是可以严重破坏她的友谊的。

后来，春晓跟她的初恋男友分手，鞠小婵还在心里幸灾乐祸。

再后来春晓又谈过两次短暂的恋爱，鞠小婵已经渐渐成熟，懂得了爱情并不妨碍友情，慢慢和春晓的男友相处得融洽。她伴随了春晓的成长，不仅在年龄上，而且在感情上，甚至还能很理智地以旁观者的立场给春晓些建议。

鞠小婵曾以为自己和春晓将是一辈子的闺密，哪怕那些叫男生的生物离开她们，她们也会一直相伴下去。

直到春晓有了第四任男友徐东。

其实鞠小婵还成了他们的红娘。那天小婵去学校附近那家冷饮店买冰粥，春晓在宿舍里看书，就听见快递小哥在楼下喊小婵的名字，便匆匆下楼帮她取邮件。可是同学们都已经围了上来，那快递小哥匆忙将邮件递给春晓，春晓也没仔细看。等上楼回到宿舍之后，春晓才发现邮件的收信人是法律系的徐东，而不是鞠小婵。

春晓急急忙忙给快递小哥打了电话，快递小哥说，一定是刚才把两份邮件弄混了，小婵的邮件应该被那个徐东拿走了。春晓急急忙忙拿着邮件刚想冲出门，便听到有人敲门。打开门，一个高个子男生站在那里。

他便是徐东。

他报以一个歉意的微笑，随之一声客气的称呼："你好，同学，请问鞠小婵是住这里吗？"

他比春晓早了一步。

春晓扬了扬手中的邮件，笑了笑："这个是你的邮件吧？"

"哦，原来真的在这里，谢谢你，你是鞠小婵？"

"不，我叫春晓。"

2

鞠小婵不知道如果那一天她没有嘴馋去买冰粥，他们的人生会不会是另一种局面。

可是，他们恋爱了，一见钟情。

春晓在那个晚归的夜晚告诉她有了新男友的时候，小婵很为她高兴，因为就在不久前她和前男友分手，一直很难过。可是，当春晓说出她的新任男友名字的时候，小婵削苹果的水果刀落到地上，又被地板弹起来，扎到了她的脚，她哎哟一声。

"怎么了，小婵？"

"哦，没事，手上刚擦了护手霜，有点滑。"

"没事吧，怎么那么不小心？"

"嗯，没事，没事。"

她像是说给自己听，没事的。

小婵一夜未眠。想来，从十七岁到二十二岁，五年间，春晓已经换了好几任男友。可是这么多年，真正闯入小婵心里的男生只有这么一个，徐东。

她的爱情姗姗来迟，却也是一见钟情，只是，是她一个人的一见钟情，而他根本毫不知情。他不知道自从她在图书馆第一次看见他起，距离他十米不到的后边，有个女生便每天都来看他的背影。他喜欢喝茶，有时候是茉莉花茶，有时候是菊花茶，里面也放一两颗胖大海。这些很容易辨认，因为恰好小婵的爸爸喜欢品茶，家里什么茶都有。他喝胖大海，一定是那几天他嗓子不舒服或者慢性咽炎。这些都瞒不了她，她甚至有时候会呆望着那个背影凝神想，要是什么时候能带他去家里就好了，老爸储存的那么多种茶叶，都给他尝一尝，让他见识一下。

那段时间，甚至春晓还问过她："小婵，最近怎么好像这么努力学习了，总去图书馆看书？这有点不像你呀，是不是有什么情况了？"

小婵那时候突然理解了曾经的春晓，原来闺密也不是一切都能够分享的，爱情的世界真的很狭窄，容不下更多的人挤进来。

只是，未料，春晓和徐东以迅雷不及掩耳之势构建了一个二人世界，而她才是那个挤不进去的人。

小婵茫然不知所措了很久，再也不去图书馆，从徐东的视线内消失，其实徐东从没注意到她的存在，她只是远远地躲在他的背后。

从那一刻起，她更要将真实的自己藏起来，她不能暴露自己对徐东的爱慕，那会招来耻笑，他们只能把这事当个笑柄。

所以，对徐东的爱意她深深地雪藏。

3

鞠小婵曾经暗地里一度希望他们早点分开，或许他们分开徐东便会爱上她。毕竟徐东对她也很亲切，很欣赏。可是两个人就像是想证明给她看，感情一直很热烈。

鞠小婵确信自己的戏是演得很好的，因为他们丝毫都没有察觉她心底的那个重大秘密。难得的是徐东也对她很信任，他和春晓之间有矛盾，有时候还求她来帮忙解决，所以，小婵亲眼见证了他们之间感情的起起落落。

大学毕业前，鞠小婵接受了一个男生的追求，可是很快便分手了，因为她的心里还是只有徐东。而这时候，春晓认识了一个上市公司的销售总监，那个销售总监很快向春晓求婚，春晓便跟徐东决绝地分手了。

变故来得太快，徐东甚至还没反应过来，就已经丢了爱情。

他很痛苦，去找春晓说他不能没有她，可是春晓已经切断和他的所有联系，和那个总监去了澳洲。

之后的徐东情绪一直低落，毕业后留在这个城市沉默地打拼，鞠小婵也没有离开这座城市，原因只是她放心不下他一个人独自悲伤。

徐东和鞠小婵经常联系，但话题绕来绕去都会绕回春晓身上。他知道春晓还会跟小婵常联络，他还是想知道那个男人对她好不好，她是不是快乐和幸福。鞠小婵告诉他，春晓她很快乐。徐东便会欣慰地一笑，然后便是满眼的落寞和忧伤。

而鞠小婵的心却已经开始流泪。

十个月之后，春晓的感情又遭剧变，那个男人跟她分手了，春晓回了国。鞠小婵犹豫了好几天终于还是告诉了徐东这个消息。

而徐东抓起衣服便去了机场，他要立刻飞到她身边。

那一天，鞠小婵一个人在咖啡店坐到关门。

春晓曾无情地背叛他，抛弃他，可是他还是那么那么爱她，不计前嫌，义无反顾地奔向她。下个月，他们就要结婚了。

而她，觉得自己快要疯掉了。

　　她不知道该如何平复伤痕累累的心，不知道该怎样面对他们，面对自己接下来的人生。

4

　　"所以，你来到了这里，你觉得你需要看心理医生。"他说。

　　"其实你很清醒，你非常清楚该怎么办。"他笑了。

　　"你心里的伤口很深，可是有句真理，这世间唯一不能勉强的便是爱情。徐东从始至终爱的都是一个人，从没有动摇过，所以，这才更证明他的优秀和执着专情。你所爱上的也正是他的这种品质，这也是他真正的魅力所在。如果他不是这样的人，我猜以你的优秀，也未必会爱上他。

　　"所以，你的痛苦、难过、纠结、不甘、委屈、失落……一切的情绪都可以理解。并且，从始至终，你是最善良的那一个，善良的人一定会有回报哦。

　　"不过你的确病了，病得不轻。

　　"如果上帝不能治愈，或许，我可以。

　　"对了，我叫沐允晨，小婵，我可以请你吃个饭吗？"

　　上帝不是神医，不管治愈。

　　有些伤痛必须经历，而后，必自愈。

你说，你拥有飞蛾扑火的勇气。

你说，这世间所有的悲伤

都应有一个温暖的结局。

你说，你的爱情，

以永远为期，

何惧狂风骤雨。

谢妍曾以为这辈子和吴桐已经绝缘。

吴桐曾以为这辈子和谢妍的缘分已经走到终点。

可是，命运总是做意外的安排。

1

谢妍刚入大学那会儿，便显现出与众不同。刚入学的新生都如同翻身农奴把歌唱，尽情享受来之不易的自由，大把的时间关注各种流行时尚，学习各种化妆技巧，将谈恋爱视为头等重要的大事。

可谢妍并不。她仍是严格管制自己，按时去图书馆看书，去自习室学习，不闲逛，不闲聊，衣着淡雅，毫不张扬。她说，在没遇到让自己特别心动的人之前，她是不会谈恋爱的。可是她又不参加各种聚会，朋友又寥寥无几，以她这样淡然的态度，估计到毕业都未必会谈一场恋爱。

可是半年之后，谢妍恋爱了，并且轰轰烈烈。

那一定是不同寻常的缘分。

深秋的风很凉。那个傍晚谢妍从图书馆看书回来，已经过了食堂开饭的时间，她只好去学校附近的小吃店吃。她匆匆忙忙走出校门，拐了几个弯，路过一处僻静的树林，忽听一个女生高喊："我们完了，我不想见到你！"然后便有花花绿绿的纸片迎风飞舞，随即一个高挑的女生愤懑地跑出来，经过她身边很快跑远。

有纸片落到谢妍的脚边，她蹲下身拾起来，原来是照片。虽然是碎片，却依稀看得出那少年脸上的温暖笑容。谢妍听到了隐隐的抽泣声，循声望去，看见了一个挺拔却悲伤的身影。她犹豫了一下，将落在脚边的照片碎片都拾起来，然后向他走去。

"这些挺漂亮的，你还是留起来吧。"她对那个背影说。

那男子显然被吓了一跳，转过身来看见她，接过她手里的照片，说："谢谢你，可是已经没有留的必要了。"说完他阔步走出小树林，扬手将照片又抛向空中，那碎片又迎风飞舞。

他便是吴桐，彼时大三，那个傍晚的风和他悲壮的身影深深刻在谢妍的脑海里，落地生根，激起她的一腔澎湃。

她亲眼目睹了他和从前的女友决裂，他们算不算有了共同的秘密？

她始终觉得那个傍晚有着特别的意义，那是他和以往的告别，和她的开始。

2

很巧，第二天谢妍便在食堂遇见了吴桐。吴桐捧着饭盒和她正要擦肩而过，忽而转身，冲她不好意思地笑了笑。谢妍笑了，没有说话，只是做了个加油的手势。吴桐于是也做了一个加油的手势。那种无声的默契让谢妍的心里甜蜜了一整天。

当晚，她便做了一个重要的决定。她的爱情开始起程。

吴桐是学校书法协会的会长，谢妍很容易就搞到了书法协会的企鹅群号，以极大的热情申请加入书法协会。其实她很有自知之明，她的潦草不堪的字，实在没什么资格进书法协会，可是吴桐一见是她，犹豫了一下便点头让她进来了。

毕竟，他们已经有了共同的秘定不是吗？

所以，谢妍认为他们的心已经向彼此靠近了一点，只有那么一点点。

当然，此后吴桐便不再清净，谢妍总是经常出现在他眼前，问东问西，请他帮这帮那，无时无刻不在刷存在感。

谢妍似乎在一夜之间就变成了时尚达人，屡屡让同宿舍的姐妹们惊艳。

彼时，另外有一个叫周莉的女生已经在狂热地追求吴桐。她本以为自己已经胜券在握，却没料到吴桐最后被谢妍抢了去，只是因为一次偶然。

那个周末，书法协会组织了一次活动，吴桐走得比较晚，当然谢妍在等他，也没有走，而周莉也没走。直到大楼快关门了，三个人才匆匆往外走。进了电梯，已经下降到三层的时候，突然漆黑一片，电梯停电了。

周莉惊叫起来："这是停电了吗？太恐怖了，这可怎么办啊！"

谢妍也很害怕，慌张地说："是啊，这可怎么办？还是第一次遇到这事。"

两个人说了半天，没听见吴桐说话。谢妍就问："吴桐，我们怎么办啊？"可是没有应答。谢妍于是伸手去摸，他没有站在身后。她往后踏了一小步，黑暗中她摸到了一个颤抖的身体，他正贴在角落里瑟瑟发抖。谢妍忽然想到，他该不是就是传说中的密闭空间恐惧症？

她于是轻轻抱住了他。那个颤抖的身体感到了安全，紧紧抱住她。周莉在黑暗中感到了异样，问："吴桐你怎么了？怎么不说话？"

不一会儿，电梯灯亮了，继续下行。周莉这才看清吴桐紧紧抱着谢妍，确切地说是紧紧攀附着谢妍，脸色苍白，额头上都是汗。她吃惊地说："吴桐，你是有那种恐惧症吗？"

电梯开了，谢妍扶着吴桐走出来，周莉还在后边大呼小叫。

第二天，整个书法协会的人都知道了，他们的会长大人居然是密闭空间恐惧症患者！周莉成了焦点中心，眉飞色舞地讲昨晚被困在电梯的惊险故事，不过，她隐去了谢妍抱住吴桐的这一幕。

谢妍什么都没说，因为她知道那是一个男人最脆弱的一面，想来，吴桐两次最脆弱的时刻她都是那个见证者，那应该是他不想为人知道的时刻，所以，她应该为他保守秘密，守护尊严。

都说患难见真情，果然是真的。半个月后，吴桐对谢妍说："谢谢你，妍妍，我好像爱上你了。"

3

爱情来得实在是汹涌澎湃，他们不用秀恩爱，只要双双站在那里，全世界都知道他们在相爱。那是最美的时光了，海枯石烂不足以表达他们的爱意，两情相悦又何止天长地久。

可是，甜蜜会有期。两年后，谢妍升大三，吴桐面临毕业，彼时K大位于北京，谢妍是北京姑娘，毕业后因为有北京户口，留在北京相对容易，而吴桐家在四川，外地户口留在北京找到合适的工作不容易。家里又催他回去，吴桐只好暂时先在四川找了个比较轻松的工作，一边工作一边准备考国家公务员。于是他们开始了长达两年的异地恋。

相距遥远，十分思念，见面不能经常。于是，矛盾慢慢在滋生。吴桐不在身边，谢妍生病会倍感孤单和焦灼，每次吴桐来看她，她都会翻他的手机，查看短信、微信，还会查他的微博。

未料，吴桐参加国家公务员考试失败。不知道从哪一天起两个人开始了争吵。终于有一天，谢妍哭着说："你不要来北京了，我不要再异地恋了。"

吴桐没有挽留，只是缄默。

两个人就此一别两宽，各自天涯。

那时候，谢妍的父母已经做好准备等她毕业送她去英国，和吴桐既然分手了，她也心无牵挂，决定毕业之后就去英国，再也不回来。

4

第二年盛夏，吴桐顺利考入北京S大法律系攻读硕士学位，拿到录取通知书的时候，犹豫再三，他拨了那串熟悉的号码。想来也是不会有人接听的，因为她人应该早在大洋彼岸。

可是，手机另一端响起了熟悉的声音。

"你……是不是打错了电话？"

"妍………真的，真的是你吗？"

"你希望是谁？"

"可是……你在国外怎么还会用这个号码？"

"谁说我出国了？"

吴桐用了一年时间考上了北京的硕士，因为，总觉得去了北京，就会离她近一点。

而谢妍的确去了英国，可是到了伦敦没几天就回来了，她还是想念北京，不想离他越来越远。

其实他们的目的地始终是一个——在一起。

5

吴桐后来给谢妍讲了一个小鳄鱼先生爱上长颈鹿小姐的故事。

多情的小鳄鱼先生爱上了挺拔美丽的长颈鹿。要知道它们之间有两米零四十三公分的身高差距，所以这样的爱情注定是一场艰难之旅。

最初小鳄鱼为了能走进长颈鹿的视线之内，千方百计，用尽其所不能，却屡屡受挫，屡败屡战，各种艰难，吃尽苦头。一次意外的相撞，让它们终于能在同一水平线上四目凝望，彼此看到了最美丽、最温柔的微笑。于是，它们相爱了。

它们渴望生活在一起，却因为相互间的巨大差异而面临许多的麻烦。搬进鳄鱼的小房子，长颈鹿走到哪儿都会撞到头。睡觉的时候，只要伸展一下身体，它就完全看不到鳄鱼了。而搬进长颈鹿的大房子，这里的一切对鳄鱼来说又太高不合适。

　　可是它们想出了一个伟大的计划。它们建造了一个阶梯式的房间，长颈鹿在下面，小鳄鱼在上面的时候，刚好可以对话。房间里有高矮不同的两个台阶，两个挂钩，同一张床有长短不同的两个床尾，房间里还有游泳池，它们都跳进去时，因为浮力作用，是一样的高度。这是德国漫画家达妮拉·库洛特的绘画图本《鳄鱼爱上长颈鹿》，能带给人无限启迪。

　　这便是爱的奇迹。

　　我们都玩过你追我赶的游戏，而因爱并肩的那一刻就是胜利。

　　爱情需要勇敢而多情的小鳄鱼。

　　你说，你拥有飞蛾扑火的勇气。

　　你说，这世间所有的悲伤都应有一个温暖的结局。

　　你说，你的爱情，以永远为期，

　　何惧狂风骤雨。

千回百转，依然是你

谁是你年少的秘密，
潜伏在心底，挥之不去。
仲夏之夜又见你，
谁笑得肆意，
爱到无所顾忌。

看着电影《夏洛特烦恼》，整个影院的人都在爆笑，可是乔紫薇看了一会儿便泪流满面。

那个夏洛怎么那么像一个人啊！

一个已经深眠于记忆的尘埃中，以为永远不会再记起的人。

而命运真是充满玄机，没过几天，她便与他狭路相逢。

1

对于王茜，乔紫薇不知道是该感谢还是该埋怨，如果不是那天被她拉去CKL研究所大院的餐厅去改善伙食，恐怕她也不会再遇见穆川。

乔紫薇已经来Q大附属医院两个多月了，却几乎连医院的大门都没有出去过，周六中午，乔紫薇拿起饭盒要去食堂吃饭，同宿舍的王茜一脸嫌弃地从她手里扯掉饭盒说："走啦，姐今天带你去吃点好的。"

"到哪里去？吃什么？"

"隔壁就是CKL研究所大院，是对外半开放的，那儿的餐厅饭菜相当不错，我们医院好多医生都去那儿吃。"

那里果然菜肴丰盛，味美价廉。乔紫薇端着菜盘正在找地方落座，一个似曾相识的声音在身后响起。

"小蔷薇？"那声音带着一丝不确定，有些半信半疑。这个昵称曾经是某个人的专属，早已随着从前爱情的陨落而埋葬。而今再次在耳边响起，乔紫薇怀疑自己出现了幻听，耳朵不肯相信，那颗叛逆的心却早已出卖了自己，沸腾如惊涛拍岸。她顿住脚步，迟疑了一秒钟，猛然转头，于是，惊涛骇浪冲破堤坝，铺天盖地向她卷来。

真的是穆川。

他望着她，一样震撼，带着不可抑制的巨大惊喜。

他们已经整整七年没见。

他自距离她五步远的地方奔过来，仿佛一下子便跨越了七年的漫漫光阴。

乔紫薇又想起那年照在他脸上的光晕，美好得让人眩晕。还有那年满校园的芬芳，空气中都是密密匝匝的香气，甜腻得直叫人心醉。

"小蔷薇，这些年我一直找不到你，你这隐身术真是好厉害。"从穆川的脸上乔紫薇看到了一丝悲凉。

原来他还找过她。

可是他当然找不到她，因为，她那年离开之后，切断了和所有人的联系。

命运的洪流居然又将他们卷入同一时空，一向对未来无把握的乔紫薇对着夜空望洋兴叹。不知道接下来的日子是苦还是甜，像蜜糖应该是不可能了，究竟是哪种苦咖啡，卡布奇诺还是拿铁？最好还是加些牛奶，会好喝一点。

2

乔紫薇当然是存心躲着穆川。

自从那天邂逅，她的世界已经掀起14级海啸。上班的时间不得不专注于工作，可是只要闲暇下来，她的脑子里就是穆川，他的笑容，他的声音，他的背影，甚至他的眉眼，只是，另一个俏丽的面容渐渐清晰，庄妍伏在他的肩头，在哭泣。

乔紫薇于是又压下起伏不定的旧事，还是通通抛到脑后。

可是近水楼台先得月，两个单位的距离实在是太近了，近在咫尺，所以附属医院几乎包揽了他们研究所的所有医疗检查。这里是研究所的指定体检中心、康复中心，还有很多的指定治疗中心。即便不指定，那些军官和家属来这里看病也如家常便饭，就如同逛个街，遛个弯，随随便便就来了。

所以乔紫薇真是无处躲藏。

穆川还偏偏每次都挂乔医生的号，如果赶在乔医生休息，他会耐心地等到她坐诊的那天再来看病。当然，穆军官从那天开始变得异常娇贵，只要训练有一点小伤一点小恙，以往一片创可贴能解决的问题，他都变得空前重视，很夸张地跑到医院来挂号找乔医生问诊。

乔医生看病的时候言简意赅，告诉他并无大碍，沉默地给他写处方，开点药，那大大的口罩遮住脸庞的很大面积，穆川看着她长长的睫毛凝神。他也是神了，仅凭她口罩外露出的那一点脸庞便能判断出她的身体状况，有一次居然说："你这几天多喝点红糖水。还有吗？我下班给你送点过去。"

乔紫薇脸涨得绯红，他是怎么判断出来她生理期的？真是邪了门了！

"少来了，假惺惺！"乔紫薇沉默地回给他一个很大的白眼，穆川笑笑，离开的时候拍拍她的肩膀说："你得听话，记得喝红糖水。"

乔紫薇生怕在门口的护士听见他的话，该死的，丢死人了！

不知道是组织安排还是民间自发，在那个周六，研究所的军官和医院的医生护士举行了盛大的联谊会。乔紫薇不想碰到穆川，本来不想去，可是王茜还是拉着乔紫薇去给联谊会添光增彩。

毫无悬念地，她撞上了笑意盈盈的穆川。乔紫薇总觉得他那笑容里含着一丝阴谋。她暗想我不会再爱上你！有个哲学家不是说，人不能两次踏入同一条河流吗？两次爱上同一个人的概率有多低？想都别想！

乔紫薇转身就想离开，手腕却被人紧紧攥住。"乔医生，请你跳支舞可以吗？"众目睽睽，她只好泄气地跟他来到舞池，没跳几步她就故意踩了他的脚，却不是用细细的鞋跟，而是脚尖。穆川低头含笑说："小蔷薇，你说我在广播里跟你表白是不是很不错？"乔紫薇瞪起双眼说："穆川，别开玩笑，都过去的事了。"穆川却收回笑容，眼神深邃起来："小蔷薇，在我这儿，从来都没过去。"乔紫薇还是挣脱他跑掉了，她害怕听他继续说那些肉麻的话，她知道自己一定抵挡不住，所以她必须立刻逃掉。

3

之后穆川有半个多月没来骚扰乔紫薇。再见面，他却不是一个人。

那是她的爸爸！

算起来，她爸爸应该已经从高墙里出来半个月了。他怎么会跟穆川在一起？穆川是存心看她的笑话吗？

许久不见，爸爸老了许多，没有了从前的意气风发，也没有了从前的高傲跋扈。经过诸多煎熬，棱角已被岁月磨平，他的眼中只剩妥协，对这个世界所有的一切妥协。

乔紫薇一直是恨这个男人的。她恨他曾抛弃她和妈妈，又娶了一个漂亮的女人。一定是罪有应得，没多久这个男人便因为被牵涉进一起经济案件而入狱。而他的那个新宠没过几个月便跟他离了婚。紫薇妈妈后来在他入狱的第三年，因乳腺癌去世。乔紫薇是由姨妈抚养长大的。这些年她一直孤独地成长，这些黑历史她从不跟人提及。这是她心底的秘密，她嫌丢人，她甚至嫌弃自己生长在这样的一个家庭。

所以她后来想，穆川喜欢庄妍也是对的，毕竟庄妍是那么讨喜的一个女生。只是，庄妍怎么可以当面一套背后一套，跟她说穆川长得太帅了不靠谱，让她离开穆川，背地里自己去跟穆川投怀送抱。所以，她决绝地切断友谊，切断爱情，一个人远走独自疗伤。

"薇薇，你还好吗？"爸爸艰难地找出一句得体的话。

乔紫薇以为自己这辈子都不会再跟这个男人说一句话，这辈子都不会再看他一眼。可是此时此刻，她的泪水滑落。

"爸爸，我很好。你还好吧？"其实她真正想说的是，爸爸，很抱歉，我没去接你出来。

"爸爸挺好的，你还让小川去接我，真是好女儿。爸爸见到他就放心了。爸爸昨天去了小川朋友的那家公司，在收发室挺轻松的，环境又好，还有薪水拿，真是挺好的。"

听爸爸这么说，乔紫薇愣了一愣，看向穆川，穆川的眼中分明有一丝得意。

好嘛，原来他这些天失踪是去忙着接爸爸出来，安顿他去了。他跟爸爸混这么熟，还混了个那么亲昵的称呼。

可是穆川是怎么知道爸爸在里边，又是怎么知道他出来的时间的？乔紫薇怎么猜都猜不到他怎么会如此神通广大。

还是在当年，有一次紫薇哭着跟他说她恨她爸爸，此生都不会原谅他。彼时她的爸爸还只是抛弃了她们母女，还没有接下来的受难。

忽然有一天，就在庄妍伏在他肩头哭的那个下午，紫薇碰巧看到了这一幕。穆川看到紫薇的时候，她已经背着书包跑向大门口。之后，听说她转学去了别的城市，便再也联络不上她，她自此人间蒸发。

几年之后，穆川又去她从前住的地方，问邻居阿姨，邻居阿姨说紫薇的爸爸入狱，妈妈已经病故，紫薇随姨妈走了，下落不明。

紫薇成了穆川这七年来心里挥不去的心结。

他期待重逢，期待亲口告诉她事实不是她看到的那样。

所以再次遇到紫薇，穆川知道他们缘分未尽。

4

送走了爸爸之后，紫薇犹豫了很久，问他："庄妍还好吗？"

穆川无奈地笑了："小蔷薇，当年你看到的那个情景是个天大的误会，可是你逃之夭夭，杳无音讯，没有给我任何解释的机会。你一直不知道吧，当时恋爱的不止我和你，其实庄妍和我那铁哥们董一凡早在半年前就恋爱了。可是董一凡不知为何提出分手，庄妍很委屈，她不甘心，想让我帮忙跟董一凡见面谈判，她当时就快哭晕过去，我就是扶住她，借她个肩膀而已。他们后来很快就和好了。可是我却失去了你。七年冤案，我比窦娥还冤。"

"真的假的？"乔紫薇眯起眼。

"当然是真的。小蔷薇，你是得补偿我。"穆川叹息。

"怎么补偿？"

"加倍爱我吧！"

谁是你年少的秘密，

潜伏在心底，挥之不去。

仲夏之夜又见你，

谁笑得肆意，爱到无所顾忌。

我一直在期待这样的时刻。

期待你经过万水千山，

终于迎来自己的芳菲。

你可知道，

此刻的你惊艳了整个时光。

今冬没有雪。

韩剧导演似乎尤其钟爱雪，在每一部韩剧里，雪花都是必不可少的重要道具。每到情侣暧昧缠绵的情境，雪花都会适时地飘落，洋洋洒洒，唯美又梦幻。

你一直在期待一场漂亮的雪，确切地说，是在期待一次浪漫。一次浪漫的爱情，一次浪漫的旅行，哪怕一次浪漫的分离。

可是，今冬没有雪。这便意味着，你今年将与浪漫失之交臂，无法企盼以美好的雪花丰盈贫瘠的世界。

事实上，在你的记忆里，有太多的遗憾无法释怀。

小时候限量版的洋娃娃，中学时代渴望的一条背带裤，一直憧憬的上海滩，以及和别人家的孩子一样多的父母的爱。

你一路跌跌撞撞成长，一路欢笑又哭泣。

1

你还没有见过雪。

对于雪的渴望是源于那个叫夏冬的上届师兄。他的名字真是矛盾，居然是冬天和夏天的组合，可是他是来自北方，一个拥有奇异雪景的地方。喜欢上他似乎就是一秒钟的事情，可是自从那一秒钟之后就喜欢上了他的所有。他的格子衬衫，他的军绿色的背包，甚至他因为强烈的日光而皱起的眉头和微微眯起的眼。

怎么欣赏，那都是一道别致的风景。

当然，这是你隐秘的心事，你不想跟人分享，甚至不想告诉他，因为，他的身旁还有一个她。是的，像极了一首老歌，你只能遥望他，只能偷偷望一望他。

她是有资本恃宠而骄的，从他们十指相扣，从他看她的宠溺的眼神，从她的明眸皓齿和身姿绰约，无论从哪一点，她都是幸运的宠儿。

你本来以为他也不过是个遥远美好的存在，你们之间隔着万千高山。可是他们毕业后，那个女孩去了加拿大。

她果然是恃宠而骄。她的前程在那片风景如画的绿洲，而他们要回到他的冰封世界。

所以，你便有一点动心，有一点欣喜。那掩藏着的心动和欣喜一点点膨胀，你做了那个决定。

可是你这个南方妹子，还不知道北方的冷酷。

2

夏冬回了北方，那是雪的王国。你一直企盼能与一场雪相遇，仿佛如此便能触摸他的世界，和他感受相同的气息。

可是，今冬没有雪。

雪是属于北方的，又怎会轻易到南方来做客。所以，纵然北方已经大雪纷飞，你的世界仍然一如往常，毫无二致。朋友圈被刷屏的洁白如云的雪和夏冬在雪中的动人笑容，仿佛在感召你，呼唤你。

于是，你开始了一场逐雪的旅程。

你不远千里来到北国，感受一片冰封，万里雪飘。北方极冷的冷空气铺天盖地，瞬间将你包裹，让你窒息。夏冬不是一个人来接你的，是和一个漂亮的北方姑娘舒妍一起。他的笑容让人如沐春风，带着炙热的温度，可是他全部的温暖却都是给予她的。骄傲的冰雪女王挥一挥衣袖，迎接你的是银装素裹下彻骨的寒意。

你发现，企盼已久的雪似乎也没那么美丽和神秘。大街上因为撒了融雪剂，变得有些泥泞，完全不是洁白无瑕。车流如潮，女士们优雅的长靴被飞奔的汽车溅到泥点，还有人因路滑而跌倒，再站起身就已经很狼狈。只有在公园，在游览景区，以及人迹罕至的无人区，你才找到了期待已久的些许唯美的景观。

这似乎是一次十分糟糕的旅程，你看到了真实的雪国，与韩剧里雪的梦幻之美实在是天壤之别。

你心中的隐痛，一点点蔓延。

父母打电话过来，催你回南方，这里的冷空气实在不适合你。可是你已经接到了夏冬工作的那家电视台的offer，你不想与机遇失之交臂。

你勇敢地留了下来。

3

你这才切身体会到什么叫身在异乡。

身在异乡就是满大街都是北方菜馆，却吃不到一道想念的南方美食，就是家乡的汤圆变成了北方的元宵，就是家乡的四季草木葱绿、繁华似锦变成满眼的枯枝败叶和寒风凄迷。

你跟着采访车去过中国最冷省份的最冷城市——黑龙江省的漠河，那里的黑夜格外长。每一个人都包裹得严严实实，像只笨重的棕熊。

最重要的是，在严寒的北方，你知道的，这里不能哭泣，脸上的泪水会结成冰。

你曾为自己的冒失而后悔，可是工作上的点滴成绩都让你欣喜若狂。你渐渐发现这里也并不是一无是处，这里的人心都是火辣辣的，这里的菜肴都很实在，相对于南方的温婉，这里的姑娘都很大方，这里的男士大都很豪爽。

这片土地上有你不曾见过的另一种风光。

你和夏冬成了同事，却是天涯的距离。或许你告诉他，你是因为追踪他才来到这里，想必他会有所感动。可是你知道感情无法勉强，既然他的心里从没有你，你又何必给他出难题。

你未曾想到你后来的那个他竟然是你的直属上司佟言。这事说起来还挺狗血，佟言其实猜到你和夏冬之间的故事，他很气愤的是，他这么一个花样美男站在你面前，你毫不心动，居然沉湎于夏冬那个不懂怜香惜玉的家伙而难以自拔，于是，他愤愤然地开始了跟夏冬的争宠赌局。

直到你慧眼识得金镶玉，佟言沾沾自喜，赢了这场赌局，可是说到底根本没人跟他赌这局，他不过是一个人陷入了情网还以为赢了全世界。他的口头禅是："徐昭一个南方妹子在北方不容易，我这个上司必须要照顾下，尽好地主之谊。"是啊，他的地主之谊实在是尽职尽责，其他所有接近你的同事都遭到他的屏蔽。

在冬天的尾巴，这个矜持的城市居然下了一场轻雪。落雪不是黏稠而凛冽，而是温婉秀气，如樱花簌簌，落英缤纷。

虽姗然来迟，带来的欣喜却不言而喻。

这一定是对你的嘉奖。

那是不是在预示着，你的浪漫开始了。

果然，你的人生开启了韩剧模式，和你一起去滑雪的人来了。

你和佟言恍如置身韩剧，如梦如幻，你所渴望的终于实现了。

恰好那一天是2月14日，情人节。

你喜极而泣。

十年一瞬。光影记忆如黑白胶片，一格一格，倏然而过。

当呐喊终于变成高歌，不能逾越的是你的隐忍、坚持、沉默和狂奔。

我一直在期待这样的时刻。

期待你经过万水千山，终于迎来自己的芳菲。

你可知道，此刻的你惊艳了整个时光。

岁月无声，厚爱永恒

慈母手中线，
游子身上衣。
临行密密缝，
意恐迟迟归。
谁言寸草心，
报得三春晖。

我记得那一天，2014年3月，农历二月初七，那一天，这世上最爱你的人走了。

那一天一直在下小雨，连老天也在为你的爸爸送别和落泪。

你打电话给我说你很后悔，没有跟爸爸早点和解。

你和他就像两只刺猬，因为血浓于水，需要在同一屋檐下取暖，却又因为靠得太近，每每被彼此身上的刺扎得鲜血淋漓。

不知道从什么时候开始，你学会了诸如"道德绑架"，诸如"用孩子来完成自己未曾实现的人生目标"这些词句，你终于可以用它们作为最锋利的武器，最恶毒的暗器，刺向他的心脏。

他毫无招架之力。

他的心汩汩流血，而你扬扬得意。

1

当然，在你年少的岁月，你一直是弱者，一直是受害者。你的伟大而崇高的梦想，曾被他毫不留情地各个击破，而彼时，你一样毫无招架之力。

你曾认为他是不爱你的。

你对妈妈的印象很模糊，记忆里都是你的爸爸。你的童年的确和大多数孩子一样，也曾骑在他的后背上让他爬来爬去，也曾骑坐在他的脖子上作威作福。再大一点他带你去放风筝、抓蛐蛐、下棋、游泳、打篮球、滑冰，几乎男孩子在童年和少年时代做过的事，他都陪你做过。可是你后来认为，那未必是因为他爱你才陪你玩，才带你去做，或许只不过是因为恰好那些事情也是他喜欢做的，顺带着和你为伴而已。

因为别的小伙伴都可以去打游戏，可是他不允许你去。因为别的小伙伴周末可以去参加party，去一起钓鱼，他强行带你去学奥数和倒霉的物理。

他从不给你买高精尖的东西。他身为高级工程师，有着令人艳羡的丰厚薪水，他是很讲究生活品位的人，自己的衣服都很高档，无论春夏秋冬，衣服都自己熨得没有一丝褶皱，即便是休闲装，也都整洁如新。

· 203 ·

可是他对你却很抠门。同学们的手机都很新潮，都是最新款式，可是你的手机还停留在老款，就跟老人机差不多，你嫌丢人，就不带了。他是不会给你买贵重的平板电脑的，所幸，那时候小姨的男友追小姨，总是给她买这买那，每当有新款的电子设备，小姨就会很快收到贡品，小姨的电子设备推陈出新，她就将原来的都送给你了。所以你才有了一点财富，才总算跟得上时代的脚步。可是你那个冷冰冰的爸爸又给你限时，每天都限制你玩的时间。

他从不给你买名牌服装，你的运动装倒是不少，可是都不是名牌，是大众款。可真维斯怎么能跟耐克限量版相比，二者简直是天壤之别，所以你就不穿，高傲地活着。凭你那颜值，即便是蓝白校服，那也是一级帅。

你说你甚至会被自己帅醒。

你那时候已经是学校名人。你遗传了他的基因，头发有些自然弯曲，所以，在一群灰头土脸的学生之中，你一头蓬松的略带弯曲的头发，总是比较醒目，再加上你那招人嫉妒的颜值，是真的很抢眼。即便身着布衣，灼灼光华也是掩藏不住的，就像金子总会发光的。所以不可避免地，有个叫依兰的小女孩喜欢上了你。你当然知道这是有违家法的，所以尽量做得很隐秘。

你每天很小心地将跟她联络的痕迹都在平板电脑上清除，企鹅号每次登录完都要退出。可是洞若神明的爸爸还是发现了你的异常，捕捉到了蛛丝马迹。他去找你的班主任老师，问你的学习情况。那个老师说你上课发呆，精神涣散。什么都不用说了，你的表现已经说明了一切。要知道，父亲大人是过来人，你的状态他一眼就能看破。

所以，你难逃家法，被无情地打了。

你突然在那一刻特别同情贾宝玉，他爸爸贾政有事没事拿打他来展示威风，实在是挺招人恨的，贾宝玉被打得差点晕过去，你也领教了皮肉之苦。你好后悔没提前把家里的武器、暗器什么的都早点给埋葬了，这样你就免遭这份罪。

你不得已跟女孩分了手，却用更差的学习成绩来回敬他。你看着他整夜整夜地失眠，一整包一整包地吸烟，觉得像吃了麻辣香锅一样痛快。

其实你知道，有个甘阿姨一直在盼着你上大学，如此才能跟他在一起。他不想你受委屈，一直很傻地一个人照顾你，而那个女人竟也很傻地跟他一起等，等你考上大学。当然你比他们更盼着快点考上大学，你恨不得能离他越远越好，如此才能逃出他的掌控。这些年，你实在是太烦他了。

唯一没吵架的一次便是填报志愿。他居然允许你按照自己的心意报考了设计专业。他还说："你聪明，脑子灵光，学设计很合适。就是考的学校太远了点，不过没关系，你回不来，爸爸可以经常去看你。"他絮絮叨叨地自言自语，仿佛在说服自己做一个很重要的决定。

你心里窃喜，第一次发现他还有可爱的地方。

你拿到通知书，淡然地呈给他看，他愣在那里，之后就去阳台吸烟，出来的时候，他的眼睛红红的。他颤抖着手翻银行卡，一边语无伦次地说："儿子，今天老爸带你去吃大餐，明天就去旅行，答应你的，明天就去。"

你诧异地看着他，第一次发现他也是信守承诺的。

2

你们真正决裂是在大学毕业那年。

你因为先天遗传基因良好，不需费很大力气就总是拿到很好的名次，在大三末就获得了保送读研的殊荣，可是你却嗤之以鼻，毕业的时候想跟朋友们一起去创业。你爸爸一听就火冒三丈，他在电话里给你骂得狗血喷头。你挂断了他的电话，他又打过来，你再挂断，他再打过来。如此反复了好多遍，他在电话里喊："你敢不读研，我死给你看！"

只听说过女人要死给男人看，还没听说过父亲要死给儿子看，你无奈又厌烦，觉得人生好无聊。他这个人真的说到做到，可是这算什么骨气！你不得不让步，对他，对他的生命。这么大的代价你实在是承担不起。

你违心地继续读了研，却跟他决绝地说："别再给我打电话了，别再烦我了。"

他果然没再烦你，安安静静地在老家生活。

又到过年的时候，你才回去跟他一块儿过年。

那时候你的爱情正一塌糊涂，刚跟前女友分手，心浮气躁，看什么都是灰色的。

你想趁着在家休假的时间赶紧把学车的事解决，然后就可以自己开车，不必再挤地铁去做兼职。之前已经学得差不多，就剩最后一关上路了。

你着急练车，你爸爸不放心你一个人开。那个周末天气有点阴沉，你还是想去练车。他执意跟你一起上了车，坐在副驾驶位上。本来，天气不好，路上的车辆也不多，你一直开得很平稳。没料，在半路杀出一辆载满石块的卡车，那卡车因为后车斗里边的石块沉重而左右摇摆，车斗居然也没有遮盖，因为车的颠簸不时有石块落下来。

那卡车摇摇晃晃地就迎面冲了过来，两车就要相撞。你有些慌了，你爸爸眼疾手快一下夺过方向盘，使劲转向，可是路面有些狭窄，车子撞上了路边的一棵大树，惊险地躲过了那辆卡车。否则，后果不堪设想。

不知道是不是为人父母对儿女的安危都有特殊的预感，你后来想，他当时执意要跟你一起去，就好像潜意识里就知道你会有危险，他必须去保护你。

结果，你安然无恙，可是，你爸爸却缝了很多针，不知道他后来的脑溢血跟这个有没有关系。

那个甘阿姨吓坏了，半夜就哭着跑来医院，医院只能留一个人陪护，你把这好差事留给了她，反正她不放心你照顾。

你回学校的时候，爸爸还在卧床，那个甘阿姨把他照顾得很好，给他喂饭，扶他散步，给他变着花样做好吃的，又想各种办法让他开心。你甚至有些感动，他们很相爱，却为了你，耽误了那么多年。

3

你离他越来越远，他的身影反倒越来越清晰。

你曾给他贴上一桩桩罪状，让他觉得自己曾犯下滔天罪行。

所以，看到他的无能为力，你痛并快乐着，这种复仇的快感曾淹没了所有的不忍心。而自此，你是自由的，再无牵绊。

你心无旁骛地去实现梦想，却发现这段路程远比你想象的要艰难，要遥远。

你甚至从他愈渐苍老的脸上，找到一丝卑微的痕迹，他会害怕你不高兴，害怕你不吃东西，害怕你穿得不够暖，却不再如从前一般命令式。

你分明感觉到三十年河东三十年河西，旧的朝政被推翻，你终于可以君临天下，在他面前笑谈春秋，指点江山，可是从他谦卑的笑容里，你看到了一丝依赖，忽然某一瞬间，你发现他老了。

他老了，已经没有力气叱咤风云，做你的那片天。

他也不知道在你成长这件事情上究竟有多少是非功过，只是，无论怎样，他都希望看到你快乐，看到你幸福。

他想做的，曾经不遗余力去做的，其实也不过是想给你他认为最好的生活。

不论是他曾经尽情地打击你，毫不客气地戳破你曾经的幻梦，还是他曾经对你过于严苛的管制，其实那都是因为年少的你心中满是粉红泡泡，你的梦想还只是海市蜃楼，他必须用金箍棒来将你打倒在地上，让你百炼成钢过后才能飞往天堂。

你爸爸弥留之际，见到了你的未婚妻。看到她是你的初恋依兰，那个当初他棍棒相加逼迫你离开的那个女孩，他有些歉意地笑了。他虚弱地说："还好，还是她呀，你还恨爸爸吗？"

你流着泪摇头。

恨过。而那一刻，你才深深懂得什么叫子欲养而亲不待。

所幸，你已经如他所愿长大成人，而这是他能给你的最好的一切。

人在旅途，要跨越无数山川河流。

无论是激流险滩还是一马平川，

都要步履稳健，张弛有度，

如此才能满载收获。

幸福就在每个晨曦日落，

从不惊心动魄。

1

2014年骆航在搬家收拾旧书的时候，发现了那封信。

骆航，你好啊。请原谅我会写这封信给你。我们就要毕业了，可你还不知道我喜欢了你整整四年。你知道的，这四年中，好几个男生送的花我都没有收下，因为，我是个有原则的人，只有我喜欢的男生送我的花我才会收下。我要跟你说的话太多了，这小小的A4纸根本无法写得下。还有20个小时我就要登上去西南的列车，不过或许你能改变我的人生旅程。

周盼于2008年6月15日

2008年距离2014年已经过去了整整六年。信纸完好地被夹在书里，但是纸张已经发黄，上边的黑色墨水已经浸透纸张，恍如一场遥远的梦。

2008年的那个夏日，周盼一直站在火车车厢门口等到最后一秒钟，却一直没有等来骆航相送，她当时已经决定，只要骆航来送她，她就会为他留下来。

2008年的那个夏日，骆航当然没有去送周盼，因为他根本不知道周盼对自己的爱慕，在周盼踏上去西南的列车之前，他就已经和朋友坐上了去东南的列车。

2008年，骆航脚步匆匆，正在奔赴疯狂的寻梦之旅。他当时忙于奔赴东南去创业，急于赶火车，还以为周盼送给他的那本书就是一本平常的书，并没有拆开那本书的包装。大学期间，他每天忙于学习，无暇顾及其他，所以根本不知道错过了很多风景。

而遗憾的是，"周盼"这个名字他后来还曾无数次想起，还曾思念她俏丽的容颜和甜甜的酒窝，是他很喜欢的一个女孩。她本是男生仰慕的焦点，他以为她不会喜欢上自己。可事实上，只要当时脚步再放慢一点点，或许不会错过，相信她会愿意和他一起去奔赴梦想。

他找到死党进了同学微信群，想跟她说声对不起。点开她的头像，却看到她的照片不是她自己一个人，是和她的先生。她还是那么漂亮，迎风而立，笑容幸福甜蜜。

他没有发消息，只是，有晶莹的液体润湿了双眼。

2

骆航是个急性子。

他比谁都渴望成功，也都更需要成功。

像每一个家道中落的孩子一样，他从小便目睹了父母人生的大起大落，很早便以振兴家业为己任，这不仅是向世间所有认识他父母的人证明，更是对父母和自己的一个交代。所以他很早就想成功，他一定要成功。

但是究竟怎样才算成功？怎样才能成功？2008年的他还是一片茫然，只有勇气，没有方向。看到成功的人比比皆是，他很不服气，他相信自己一定也可以。他曾经做了很多尝试，可是因为方向找不准确，今天想做这个，明天想做那个，急功近利，导致迷失方向，结果都一败涂地。

他想炒股票，向一个哥们讨教了半个月，投了些资金，结果一入股市便深陷泥潭，不到一个月的时间赔了几万元，要不是他老爸赶紧叫停，他会被套得更多。他后悔不该贸然进入股市，他应该多认真学习之后再来试水。

他想过一夜成名，参加过音乐节目的选拔赛，可是海选便被淘汰。他输得心服口服，因为他没有经过很专业的音乐训练，不会任何发音唱腔技巧。一夜成名的毕竟是凤毛麟角，并且，那本来就是历经沧桑之后的绽放。

他试过去当作家，在一年的时间里写了十几本小说。可是却没有出版社愿意给他出版，他很委屈地问一位名家："为什么我这样努力还是不能成为和你一样的人？"名家说："如果你倒过来，用十年写好一本书，相信你一定比我还成功。"

在经历过无数次失败之后，他终于明白，不论做什么，任何成功都不能够急于求成，都需要稳扎稳打，做好基本功，一步一步踏实向前迈进，最后的厚积薄发才是真正的辉煌。他用了很长的一段时间认真地考虑了自己的方向，最后和几个朋友一起在业余时间投资开办了外语教育培训学校，他们的梦想是做成第二个新东方。三年多的时间，他们开办的学校从起初很小的规模，已经做到了几个城市的连锁，成为一个庞大的教育培训机构。

3

2014年的骆航仍然是一个人。

他实在是太忙了，忙到没有时间谈恋爱，终于走上相亲之路。因为相亲是快餐，可以很快解决，可是快餐也是需要合乎口味的，一年内见的姑娘不计其数，他就没有一个有感觉的。而相亲的姑娘也都嫌他行色匆匆，不像是来相亲，却像是来赶场的。所以他的情感世界仍是一片荒芜之地。

2014年末，他爸爸重病卧床，他无论如何没有料到爸爸离开得那么突然。那段时间他正忙于一个很重要的项目，成功指日可待。那个冬日他飞到远方去参加一个重要会议，接到妈妈电话的时候，他立即去买了机票，可是飞机起飞前下大雪，飞机晚点起飞。结果，爸爸就在几个小时之后去世了，他下了飞机跪在机场痛哭失声。

最终没有来得及。爸爸去世前最终还是没能见到他最后一面，他追悔莫及。假如当初他能抽出点时间多陪陪爸爸，假如那一天他没有去参加那个所谓重要的会议，他就不会在爸爸墓前哭得那么惨烈。

他已经是个成功人士，可是那一刻他在质问自己，亲人已不在，他这么步履匆匆究竟想证明给谁看？成功很重要，可是人生中毕竟还有比成功更重要的事。

4

直到2015年，骆航的妈妈病了。他终于将公司的事情交给别人去做，专心陪着她。他学会了养鱼，养多肉植物，养花花草草。还请了专门的小护士每天来照顾妈妈，那个小护士很勤快，会帮他干很多活，经常和他一块儿推着轮椅陪妈妈去海边吹风，去看夕阳。要下雨的时候，她帮他精心地将那些花从阳台搬到房间，天晴了再搬出去。她还会刺绣和给妈妈做美容，经常哄得老人很开心。

当然，他也很开心，由衷地开心。

所幸，他醒悟得还不晚。

而他的事业其实也并没耽误多少，仍旧发展得很好。

人在旅途，要跨越无数山川河流。无论是激流险滩还是一马平川，都要步履稳健，张弛有度，如此才能满载收获。

幸福就在每个晨曦日落，从不惊心动魄。

你无须得到所有人的青睐

盛夏已来，又一季花开，
你与你骄傲的倔强同在。
世界因你而精彩。

1

我仍然记得你，你的美丽一如往昔。

在那个十六七岁的夏天，在蓝白校服填满的枯燥的青葱岁月，你层出不穷的漂亮裙子一度成为学校里彩虹般的风景。也因此，你才刚转到我们学校，便成为大家关注的焦点。

那个笑容甜美、有着无穷多漂亮裙子的新来的女生，叫徐嘉熙，单亲，和爸爸一起生活。她的爸爸是做房地产生意的，是个小资本家，经常不在家，她由小姑照顾。小姑是个购物狂，把她当芭比娃娃一样，喜欢看她换来换去。所以，她的裙子应有尽有。

你刚来没几天，你的这些信息便被八卦女生传到整个学校尽人皆知。可是，他们不知道的是，那些无穷尽的漂亮裙子下掩盖的是一颗极度缺乏安全感的心。

因为单亲，所以你尤其需要别人的爱和认可，希望和所有人搞好关系，不论是老师还是同学，你怕得罪任何人。

你的笑容总是很甜美，笑起来眼睛弯成的月牙足以打动所有少年的心。可是你总是害怕别人不喜欢你，你的笑容里藏着一点点胆怯和谦卑，一点点讨好和息事宁人。

你的书包里总是藏着许多好东西，好吃的零食或者是新鲜的小玩意。趁着课间操休息的时间，你会跟周边的小伙伴们分享。你对同学们的请求都会有求必应，那个学习委员要偷溜出去买东西，你帮她收作业；那个后桌的同学放学有事要先走一会儿，你来替她值日；那个前排的女生作业本不见了，下课前就要交，你从书包里拿出还没舍得用的新本子送给她；还有组织委员要趁休息日去给班级买盆栽，一个人拿不了那么多东西，你自告奋勇和他同行。

你是那么努力地尽你所能去帮助每一个人，无非想和他们关系亲密一点，得到他们的一点认可和喜欢，可是你做了许许多多的事情之后，却发现你帮过的朋友还是嫉妒你漂亮的裙子和甜美的笑容，你尽了全力解决了他们的燃眉之急之后，却发现背后还是有很多鄙夷和不屑的目光。

上大一的下半年，你的同桌范婷婷突然和你亲密起来。那是因为她喜欢上了那个金融系的学霸唐木，唐木的爸爸和你爸爸是好友，你和唐木很熟，他总是来找你。

唐木差不多隔天就会来找你一次，他实在是粗心又邋遢，总是会丢东西，不是丢了饭卡，就是丢了图书证，再不然就是丢了充电器，而每次都是很不见外地拿走你的东西救急。最夸张的一次是唐木丢了手机，手里握着你的女式的红色爆款手机用了整整两天。你的脸涨得绯红，嫌弃地说："真不知道你一个男子汉怎么好意思在大庭广众之下用这么秀气的手机。"唐木看着你笑得很开心。

唐木是学霸，有颜又有才，很多女生对他芳心暗许，追随他的目光来自四面八方。你总是想避嫌，毕竟跟他传出绯闻容易有痴心妄想之嫌。你想起范婷婷说喜欢唐木，求你帮忙介绍他们认识。于是你做东，请他们两个一块儿吃唐木喜欢吃的烤肉，你负责热场，丝毫没在意唐木看你的怨怒的眼神。回到学校，天下起蒙蒙细雨，你说："唐木，你负责把婷婷送回去啦。"你抢先跑远，可是后知后觉的你跑在小雨里才清晰地感到心里也下起了雨，从未有过的怅然若失升腾而起。

你真的是什么都敢送给别人，甚至爱情。

可是你的慷慨馈赠却导致了唐木和你的空前冷战。唐木很长时间不再找你，他的饭卡、图书证、充电器之类的那段时间保存得很好，没再丢过。范婷婷之后经常去找唐木，她买了好多新款裙子，每次都画着精致的妆容，盛装去找唐木，可是唐木却总是客气地婉拒她的盛情相邀。

终于有一天，范婷婷到你的宿舍大闹一场，她愤懑地说："是你勾去了唐木的魂魄，要不然唐木怎么会不接受我？"她摔碎了你的首饰盒，里面的项链珠子散落一地，像极了你晶莹的泪珠，就这样落在地上，沾满尘埃。

你曾那样精心地呵护和范婷婷的友谊，甚至不惜以自己的爱情为代价，可你的小心翼翼换来的是她的弃如敝履。

你大概那时候还不懂得要以平等的姿态来维护友谊，而不是只盲目地牺牲自我，来委曲求全。

　　唐木误以为你不喜欢他，才把他推给范婷婷，可是他不喜欢范婷婷，他只喜欢你。而你却因为唐木是万众瞩目的焦点，不敢靠近，以为自己的远离能换来世界和谐，皆大欢喜，却从来不敢扪心自问，你自己的喜欢在哪里？

　　就这样你们三个人一直纠结到大学三年级。直到大四的上学期，唐木要去远方调研两个月，临行的前一天却听说你去做兼职，傍晚回来的路上遇险。他郁闷地喝了酒，然后就去找了你。你亲耳听到他说："熙熙，我喜欢你，你可不可以不把我再送人了？"

2

　　我仍然记得你。

　　所以，当我听说一个叫徐嘉熙的作家准备开新闻发布会的时候，那种震撼和狂喜恰如见到久违的你。

　　我不知道后来的你又经历了哪些世事变迁，成长为今天的这个作家徐嘉熙。

　　这是多么艰难的一条路，这条路上有太多的人才华横溢，足够努力，却都与名利失之交臂，都没有得到任何青睐。

　　我也看了你的微博，众口铄金，积毁销骨，你有钻石粉，当然也有黑粉，有人大爱你的作品，也有人对你的文字嗤之以鼻。有人邀请你去写微信爆款文章，而那些噱头十足的、咆哮跋扈的文章毕竟不是你所爱，自然不是你所选。

你曾慷慨地，赠予他人太多的快乐和感情，哪怕自己受伤。

你也是吝啬的，你惜字如金，你不会舍得将自己的文字竞拍出卖，你会心痛。

你的笔下自有山川日月，光阴流转，红尘往事，如梦天堂，恰如你美好的心，乃是浮华中的一寸绿洲，自然格外珍贵。

我不知道你是不是每天看你的微博，是不是仍然很在意别人对你的看法。

有人说，总是笑的女孩最为让人心疼。

曾几何时，你的笑容甜美，却总带着一点点胆怯，你在这个茫茫世界总是不安，总是无措。你是如此缺乏安全感的一个女孩，总是很努力地去迎合别人，总是期待得到别人的认可，需要在别人的肯定中才能找到自我，获得存在感。

我花了几天的时间认真看了你写的书，字里行间我读到了自信和生命的力量。对这个世界，你不再是主动放弃，不再是投降主义，而是一种怡然而奋发的姿态。

我欣喜的是，你已经懂得何须所有人青睐，所有人青睐都不如自己对自己的青睐和崇拜的力量来得汹涌澎湃。

很喜欢畅销书《就喜欢你看不惯我又干不掉我的样子》的书名，这句话是那只叫"吾皇"的胖猫的心声，仔细想想，用这句话来回应那些黑粉，其实也蛮不错哟！

盛夏已来，又一季花开，
你与你骄傲的倔强同在。
世界因你而精彩。

Part 5

对于未来，
我很贪心

未来其实早已在路上。

蓦然回首，

遇见亿万星辰和金色艳阳，

必会收获意外风光，

却仍要扬帆远航，

或许不得不改变航向，

或许愿望没能如期实现，

我们的人生，永远在路上，

永远步履匆匆。

你是倦鸟，

可是你仍需奋力翱翔，

因为你的世界在浩渺晴空，

在层层云海之中。

嘿，哥们，还好吗？

经年不见，你是否还是从前的模样？

坐在我旁边的男孩的T恤上是舍甫琴科的头像，我越过他身旁的舷窗向外望，那层层云海浩渺跌宕，突然就想起了你。

彼时的你迷恋世界杯如同迷恋金庸的武侠。所以2006年世界杯赛场上舍甫琴科在球场上一腔孤勇，你仿佛看到了金庸笔下的乔峰绝世而孤立，你说，你立志将来成为一代枭雄。

当然，你慨叹生不逢时，无法穿越时空，历经唐、宋、元、明、清。可是，我总觉得你会与众不同，会有一个不一样的人生。

1

你立志要成为一个英雄，甚至想将来成为杨利伟，遨游太空。尽管许多同学都对你的远大志向嗤之以鼻，可是你骄傲的倔强不容小觑，自带气场，秒杀诽谤。所以在高二那年你参加了飞行员考试，怎奈你的视力未能达标，与飞行员失之交臂。

那大概是你人生中的第一次滑铁卢，是你无法通过自己努力而弥补的失败。

可是，你不肯认输。

你有多叛逆，父母的劝阻当成耳边风，高三报考志愿，最终还是报考了自己喜欢的历史专业。

你很努力，将以前在球场上的时间都用来学习，终于不负所望，考上了理想大学，进入你憧憬的历史系。可是未料，历史系的课程并不如你所想象的那样鲜活而生动，你觉得离你的期望相差甚远，所学的知识将来并不能奠定你很好的人生。你这才想起父母的劝诫，认识到自己做了一个多么错误的决定。

于是你去学校申请改换专业，可是并不容易，在L大的历史上只有很少的几个先例。你递交了申请，陈秘书却说这是要履行程序的，要等校领导层层审核批准，于是你每天中午都去系办公室找陈秘书，陈秘书一见到你就头疼，吃饭也吃不下。你足足坚持了两个月，终于学校批准你转入文学院新闻系，可是毕业后陈秘书有一次在酒桌上哈哈大笑罚你酒说："都怪你，沈之初，我落下了慢性胃炎。"

你改专业这事的确是个创举，轰动了整个L大，不用任何团队炒作，你一举成名。人一旦成名，自带美颜功能，此刻起的沈之初清俊潇洒，神似顶天立地的英雄乔峰。仰慕的学妹学姐从四面八方拥来，更有许多路人转粉。而你在L校显赫的声名终于成功地引起校花许昕的爱慕，没多久许昕主动示爱，你不战而胜，真是脚踏祥云迎东风。

2

许昕是上海人，漂亮又娇贵，有严重的公主病，可是你热烈地爱上了她。大学毕业，娇娇女许昕自然是要回到上海父母身边，你为了不和她分离，便也去了上海。大城市人满为患，你刚毕业初出茅庐立足很难，你投了好多简历都石沉大海，收到的面试通知却寥寥无几，不啻身经百战，才最终拿到一家大型广告公司的offer，你的职位是文案员。

你工作很不开心，因为你的文案更多要服从于商业化的宗旨，总觉得有些亵渎你心中文字的高尚和纯洁。所以你的文案总是与公司策划的要求有些偏离，你固执地在维持文字的商业化和文学化之间的一种平衡，但是它们毕竟不能相互兼容，所以，你的文案屡屡失败，表达不出客户要求的宗旨。你突然觉得很迷茫，找不到奋斗的方向。

雪上加霜的是，没多久，许昕的父母召见了你，一顿饭的时间，他们就否定了你们几年的感情。原因很简单，你是"三无产品"，没车没房没存款，质检不合格。而上海滩人才济济，精英遍地，以他们女儿的倾国倾城之貌，找到一个高精端的乘龙快婿并不是难事。

许昕虽泪涟涟，但是"裸婚""奋斗"这类励志的词汇对她来说，也只能是敬仰，她仍旧习惯于做娇小姐，她的十五公分的高跟鞋和奢华的裙子只适合坐凯迪拉克，而不适合和你一起去挤地铁。所以，许昕泪洒黄浦江，与你挥手告别。

就在那一天，你被公司炒了鱿鱼，你本来怕许昕知道会难过，没敢告诉她，而是用你口袋里仅剩下的几百元钱照旧请她吃了一顿大餐。那天，你在黄浦江边坐了整整一夜，你想起刚来到上海，第一次来到黄浦江边时，你望着那红霞满天的落日对许昕说："将来我们老了，每天都到这里来看夕阳、看日出。"你独自一人在那里看夕阳落幕，看东方日出，不知在这滚滚红尘中如何写就自己渺小的人生。

3

你望着这繁华且冷漠的上海滩，再无牵挂，拉着行李箱去火车站，在即将踏上归途的最后一秒钟，你骄傲的倔强又升腾，你不相信在这钢筋混凝土的森林中找不到一丁点的地方来寻梦。你又提着手提箱回到逼仄的公寓，你给自己三天的时间找到新的方向。

你上网查合适的单位，也去报刊亭买报纸，看上边的招聘启事，你无意间看到一则启事，那是一个和你一样刚大学毕业的女生在招聘合伙人一起创办一个杂志《LLKX》，杂志的前身是《POV》，因为日渐衰落，所以杂志社便转手，而这姑娘接了下来。

这个勇敢的姑娘叫华樱，你还不知道这个姑娘将伴你走过接下来的漫长岁月。

上帝给你关上了那扇门，同时悄悄给你打开了这扇窗。还好，机敏如你，很快便发现了这扇窗。你按照那则启事给华樱打了电话，于是，你成了她此后最好的合作拍档。

杂志并不好做，这本杂志之前是因为内容越来越不符合大众的要求，以及宣传得不到位，才导致日落西山。所幸还有一些稳定的客户源和销售渠道，可以保证最初的顺利运行。所以你们的燃眉之急是在内容上推陈出新，重新打造一个全新的品牌，并且全方位进行宣传推广。原来的杂志社编辑部只保留下来两个人，所以工作任务空前繁重。

杂志社的薪水起初很低，可是你很喜欢这个具有挑战性的工作。你似乎已经感觉到，这大概正是你所向往的一片自由乐土。小小的编辑部只是大厦的一个角落，可你觉得仿佛拥有了整个天空。

从选稿、定稿、图文设计、排版、印刷、销售直到推广，每一个环节都做到极致。杂志发行上市的那一天，那泛着新鲜墨香的薄薄杂志让你红了眼眶。

2016年2月，《LLKX》杂志已经迎来了五周岁生日，而你也收获了和华樱的美好的爱情。她是一个和你一样对文字怀有无限敬意、无限热忱，对人间永存美好梦想，愿意陪你一起看日出的姑娘。

4

面对正在萧条的纸媒市场，杂志社纷纷倒闭，可是你们仍然在坚持自我的风格，仍然不懈努力，不曾放弃。

因为热爱，所以执着。
因为热爱，所以坚守。

当然这许多年来你也曾觉得疲惫不堪，在困难重重的时候，在累得瘫软的时候，以及在加班加到崩溃，甚至有人劝你去看心理医生的时候。

可是，你挺过来了。

十年人生。距离你从前的豪言壮语已经过去了整整十年。

看你的文章，我仿佛看到了一代英雄乔峰，如一部英雄史诗，有着雄浑的力量。可是我也看到乔峰阳光般的笑容背后，满身的伤。

我常常驻足倾听那地铁的呼啸声，从空旷的远处吹来凛冽的风，每一次驻足，每一次看地铁里行人匆匆，心中都会感受到时光的节奏，冷冽前行，无法抗衡。

地铁站没有太阳，没有星空，只有昏黄的路灯，而熙攘的人们登上地铁，满身疲惫又或者睡眼惺忪，在这单色调的世界，正走向夕阳踏上归途，抑或迎着朝阳重新起程。

这便是我们的人生。

永远在路上，永远步履匆匆。

你是倦鸟，可是你仍需奋力翱翔，因为你的世界在浩渺晴空，在层层云海之中。

下一秒，幸运与你不期而遇

幸与不幸就在一念之间。
所谓幸运，
便是百炼终成钢，
和黎明后的骤然绽放。

据说楚萧萧是个妖孽。

在某个凄迷的雨夜，一男生跑到S大女生宿舍楼来看生病的朋友，在五层水房见到她，便问她503房间怎么走。她一张口说："你走到尽头拐个弯就看到了。"那男生吓得妈呀一声，还以为是见了鬼。手里提着的水果噼里啪啦跌落在地上，滚出老远。一个女子的面孔却是一副男人的嗓音，并且，那女子还姿容俏丽，长发飘飘，看见他害怕的样子还笑得很开心。

这难道不是惊悚片再现吗？

所以在S大无人不识楚萧萧。

1

楚萧萧从来不吃辣椒，这个地球上的人都知道。

因为据她妈妈说是由于她在变声期辣椒吃多了，所以才把嗓子搞坏了，她宁肯相信妈妈的话是真的，因为毕竟找不到更好的解释，所以她一直对辣椒深恶痛绝。

在楚萧萧二十六年的人生里，她有十四年对自己的嗓音嫌弃加厌恶。其余那十二年还没变声，还是幼稚的童音。她曾无数次地梦见自己在十二岁的某一天清晨醒来，天光正好，阳光温柔，她睁开眼伸个懒腰，喊了一声妈妈，却不是清脆的童音，而是一夜之间忽然变成了一种奇怪的嗓音，有烟熏的味道，如砂砾般粗糙。而后，她变成了白雪公主，她亲爱的妈妈变成了那个面目狰狞的王后，拿着被她刚刚咬过的毒苹果在得意地笑。那眼中的冷冽寒光直刺入她心底，流出殷红的血滴，哀伤地落在地上。

她甚至偷偷问过她爸爸，她是不是她妈妈亲生的，该不是她妈妈真的对她做过什么，才导致她的嗓子变成这样。她爸爸当时就去找板砖要揍她，她说只不过想跟皇帝陛下求个证而已，陛下不必大动肝火，伤身。

她妈妈对她的嗓音也倍感遗憾。她妈妈年轻的时候曾无比迷恋黄梅戏，却由于家人的偏见没能成为一名黄梅戏演员，后来成为一名普通的音乐教师，对艺术总觉得心有不甘，本希望等萧萧长大，将她培养成为一流的艺术家。岂料，萧萧居然是这副嗓音，这是无论如何跟艺术领域搭不上边了。可是让她惊讶的是，萧萧爱唱又爱跳，对艺术充满热情，浑身都是艺术细胞。高音她唱不了，她唱低音；花旦她唱不了，她唱老生。

2

在中学的时候，她奇特的嗓音曾招来耻笑。学校组织的合唱团她报了几次名都没有通过，因为合唱团需要黄鹂鸟一般圆润而清亮的嗓音，而不是她这种让人一听就恍惚出现错觉的嗓音。她曾无数次站在小礼堂窗外，听着从开着的窗飘出来的动听的歌声而委屈地流泪，那歌声高亢而悠长，划破天际，更在她的心上划过一道道深深的沟壑。

不过，她是不会让别人看到她流泪的。在别人眼里，她就是个倔强的小刺猬，撞到别人在背后偷说她的坏话，她瞪起双眼，恶声说："信不信我会扒了你的皮！对方无一例外会被吓呆或者落荒而逃。"

后来高二那年，楚萧萧迷恋上了Lady Gaga的音乐。有一天她激动地跑来对妈妈说："妈妈，我将来想成为中国的一代歌后。"她妈妈正忙着做菜，瞥了她一眼说："你这嗓子这样，往艺术圈挤什么挤？"

她愣了一会儿，用很大的力气吼了一声："我这嗓子凭什么就不能唱歌！"之后跑回房间，砰的一声关上门，又把自己反锁了起来。

没什么比被自己亲人嫌弃更伤心的事了。那一刻，她觉得这世界好冷漠，她做错了什么，居然全世界都嫌弃她。她伤心地写了一篇整整两千字的日记。

或许是后悔自己无心地伤害了女儿，或许是看了女儿写的日记，里面的愤懑、委屈、不甘、难过，还有热切的渴望悉数摆在她妈妈面前，她觉得实在应该帮女儿做点什么。

于是，在两天后，萧萧的班主任对她说，合唱团需要一个低音部的女生，问她想不想去参加。楚萧萧激动得脸涨得绯红，只会点头。

那一天对楚萧萧来说一直意义重大，那代表着对她能力的一种承认和接纳。尽管她的低音部其实并不重要，只是需要偶尔当个配角。在演出的时候，她只是衬托鲜花的绿叶，可是，那都没关系，因为热爱，那些都可以不计较。

她深知这样一副嗓音实在不适合卖萌撒娇，所以她从意识到自己与众不同的那天起，便立志成长为自立自强的不依附于任何人的一棵树。

3

刚到大学那半个月，楚萧萧没急着去报社团。因为，以她的经验，用不了几天大家就会都认识她，而她乐于给同学们一个适应期，就不让他们一个一个地惊艳了，实在很麻烦，还是全体都对她有认知比较好。

可是当她来到配音社，还是让大家有不小的震撼。

楚萧萧在这半个月的时间里已经对各个社团了解得非常清楚，她对这个配音社尤其感兴趣，之前她总是在电视电影里听到配音演员的声音，据说很多演员本人说话是没那么好听的，只是因为有了配音才会变得动听。尤其是外国演员，满口外语来配戏的确很滑稽。

她当然不能配小女孩的声音，她可以配跋扈的妇人、孱弱的老人以及霸道总裁，对，霸道总裁。她于是就在众目睽睽之下，拿着《杉杉来吃》的台词念起来，完全就是封腾再现啊！众人一片唏嘘，这妞简直可以去拍戏了！当然得女扮男装。

所以，配音社全票通过，这妞是块奇宝。

在那一年的元旦联欢会上，配音社奉上的节目中，楚萧萧有精彩的表演。她和同届的男生倪俊对电影《魂断蓝桥》的经典桥段用各地不同方言配音，她反串罗伯特·泰勒，而那个男生反串费雯·丽，嬉笑怒骂，惟妙惟肖，逗得观众捧腹大笑。

之后，便传出楚萧萧和倪俊是绝配的段子。倪俊倒也争气，居然顶风作案，高调追求起萧萧来。

只要萧萧前脚到了配音社，倪俊一定会很快后脚跟来，像一只尾巴跟得牢牢的。萧萧瞪着眼睛凶巴巴地吓唬他："喂，哥们，你吃错药了吧，发什么神经？瞧，那边有萌妹子等你呢，别老跟着我，姐的暗箭不长眼睛！"

倪俊好笑地一把擒住她的两条胳膊，扳到她身后。已经有同学走得越来越近，她慌张地说："你干吗？欺负人啊？"倪俊放开她的胳膊笑了："看究竟你是霸道总裁还是我是霸道总裁，小丫头还挺厉害。"可是第二天萧萧就听说自己被倪俊"壁咚"了。

4

S大的配音社在S省大学生中是很有名气的，队伍不断壮大，在萧萧大学三年级的时候，几乎变成S省各大学共同的配音社，同学们常常在互联网上为一些小说和电影配音，还组织了专门的广播剧团，接到一些有酬劳的本子。

到大四毕业前，萧萧经过几年的配音锻炼，已经能够灵活多样地模仿很多种音色，甚至打破了自己烟嗓的局限，运用技巧将很多角色演绎得惟妙惟肖。

毕业前，同学们都按照自己的专业寻求合适的单位，楚萧萧除此之外还报考了S省师范大学艺术系配音专业，顺利通过笔试和面试，成为配音专业的教师，一边教课，一边配音，如鱼得水，其乐无穷。

她一直没有问妈妈，这算不算帮她实现了当年的愿望？

幸与不幸就在一念之间。所谓幸运，便是百炼终成钢和黎明后的骤然绽放。

未来早已奔跑而来

或许愿望没能如期实现，

或许不得不改变航向，

却仍要扬帆远航，

必会收获意外风光，

遇见亿万星辰和金色艳阳。

蓦然回首，未来其实早已在路上。

1

那个夏天，《哈佛女孩刘亦婷》这本书铺天盖地地袭来，似乎只是一夜之间的事，并且很快便在全中国形成了一股不可逆转之势，影响了千千万万的家长和学生。林乔的父母毫不例外地也中枪了，全书共377页，他们恨不得每一页都能背下来。

那本书一度成为家庭教育的导航仪，可是彼时林乔每一分钟都在谋划如何能将它毁尸灭迹。她并不想成为第二个刘亦婷，什么哈佛，什么麻省理工，什么常春藤，还有什么清华北大，她根本就不稀罕，她只想做一个黄梅戏演员。

可是黄梅戏是南方剧种，北方是没有条件学的，并且当一个戏曲演员，总归与这个繁华的世界离得有些遥远，如同在两个时空。她妈妈于是敷衍她说，以后有机会再学吧。不过不管学什么戏曲，都需要身体有很好的柔韧度，所以她一直在学舞蹈。可是在林乔初二这一年，她在一次舞蹈团的集体演出中不小心扭伤了腰，卧床一个多月，她妈妈便说什么都不让她继续学舞蹈了。

那么，只剩下钢琴了。除了弹琴她便只能每天对着圣贤书了。而她爸爸看钢琴那眼神她懂，他恨不得把钢琴一口吞掉，以便她能心无旁骛地学习，将来成为一名优秀的外交官。嗯，她爸爸最崇拜的就是外交官。他怎么不希望他女儿成周恩来呢？周总理是最厉害的外交家。她总是冲他的背影翻白眼。

2

那时候她最讨厌的人便是苏鹏，真是看到他就生气。因为在她家"苏鹏"这两个字的出现频率仅次于"刘亦婷"这三个字，他就是传说中的那种"别人家的孩子。"长年坐在年级第一的宝座上，不觉得高处不胜寒，冷飕飕吗？他的头发那么蓬松又有光泽，说不定偷了他妈妈的啫喱水，他的睫毛那么长，没准贴的是假睫毛，他的白衬衫一尘不染，一看就是有洁癖。总之，对于他身上那些所谓的优点，林乔都嗤之以鼻，她经常幻想在考试前怎样弄些巴豆放到他饭盒里，如果他考试的时候碰巧拉肚子，看他还是不是第一。

不过苏鹏并不知道她的小心思，因为他们的爸爸是同事，他们又住在一个小区，所以苏鹏对她还很照顾，知道她数学是薄弱项，经常在数学课下课，绕过过道跑过来问她有没有不会的题，他讲给她听。林乔有时候不是真的不会，每次看他那专注的样子她就想笑，其实她一个字都没听进去，她只是觉得好玩，顺便还可以继续思索他的睫毛到底是不是真的那么长。

　　林乔当时知道了一个秘密，就是她的同桌吴瑶特别喜欢苏鹏。每次苏鹏来给她讲题，吴瑶都很紧张，也很欣喜，那眼中闪烁着无数个小星星。明明已经口渴得不行，她却可以不去喝水，甚至不去卫生间，只怕错过苏鹏来到桌前。林乔有一天突然发现了这个秘密，她便知道把苏鹏拖下水的机会来了。

　　隔天的早上，苏鹏刚坐到座位上，拉开书桌抽屉却摸到一张卡片。他拿出来一看，上边写的是：苏鹏，我喜欢你。WY。苏鹏的脸迅速涨红，然后有些诧异又小心地慢慢扫视四周，把眼光落在低头写字的吴瑶身上，再然后，又落在林乔身上。林乔赶紧收了眼光，假装在专心读课文，其实口中在胡言乱语什么，自己都不知道。

　　苏鹏居然稳如泰山，整整一天都认真听课，放学后，吴瑶走的时候，他跟在她身后不远的距离，走出校门，他追上吴瑶说："嘿，吴瑶，你是不是有什么东西落在我书桌里了？"吴瑶一愣，说："没有啊。"苏鹏也愣了下，然后说："哦，那就好，我们现在只能是好好学习。加油学习！"然后他就头也不回地走了。吴瑶在后边喊："什么东西啊，苏鹏？你在说什么？我听不懂。"

　　不过，苏鹏好像是猜到了什么，之后便不理林乔。林乔正好不想和他为伍，乐得耳根清净。

　　林乔的钢琴老师是个很资深的老派教授，林乔跟他学了很久，一直成绩平平。他一直觉得林乔不够用心，基本功不够扎实，林乔爸爸曾跟他沟通过将来林乔从事钢琴专业如何，他连连摇头。可是每次林乔都很委屈，她分明已经很努力地在学琴了。相对于那些ABC，她对五线谱简直是一片赤诚，对二者的态度已经是天壤之别了。

林乔爸爸的火山终于喷发是在那次月考之后，林乔的成绩考到了历史最低，已经超出她爸爸的玻璃心能接受的最低极限，他没几天便在饭桌上摔了杯子，禁止林乔再弹琴。

3

幸亏林乔还有个特别文艺的妈。

林乔妈妈一直以文艺青年自居，一直不遗余力地打造女儿的文艺范儿。虽然林乔的成绩不太如意，但是林乔爸爸禁止林乔弹琴这事终于促使她站到了女儿这边。剥夺女儿受艺术教育的权利，这还了得？那是绝对不可以的。她最后跟钢琴老师沟通了一次，钢琴老师仍然不看好林乔，所以，她毫不客气地跟他说再见。可是她比林乔还不甘心，几经周折，辗转找到了一位口碑不错的年轻女教师。这女教师认真看林乔试奏了几首曲子，便笃定地说："请相信我，你女儿是个天才。"林乔妈妈当时感动地说："老师，我宁愿相信你说的是真的，我女儿就拜托你了。"

之后的日子，林乔妈妈就做起了间谍，每周背着她爸爸偷偷带林乔去上钢琴课，林乔在爸爸回家之后绝对不碰钢琴。不久在这位老师的指导下，林乔的钢琴弹奏水平突飞猛进。转眼到了高二，林乔妈妈听说同事亲戚的孩子前几年在高二就成功考取了艺术院校，便急急忙忙带林乔也去报考了F省师范学院艺术系钢琴专业，参加了专业课考试。没想到林乔很争气地通过了专业课考试，可是未料，没几天，一封匿名信同时寄到F省示范学院和林乔的学校，揭发林乔不是高三学生，挤了高三学生的名额。林乔不仅失去了进入

F省师范学院学习的资格，更被学校通报批评。

学校公告栏上明晃晃地写着林乔的名字，林乔成了众矢之的，受到所有人的孤立和嘲讽，除了苏鹏。

已经跟林乔冷战很长时间的苏鹏突然又恢复了对林乔的热情，下课有同学冷言冷语，他会及时走到林乔身边去给她讲题，每天放学都和林乔一块儿走，不让她一个人落单。终于有一次，苏鹏考试失误，从年级第一的宝座上下来，可是林乔一点都高兴不起来。

被全校通报这天大的事怎么能瞒天过海？所以林乔爸爸在得到消息后当晚便火气连天，跟她妈妈吵得很凶，林乔从没见过她妈妈那么威武不屈坚持正义，维护她的利益。

文艺范儿的妈妈为了女儿的身心健康，没几天便给林乔转学到了另一所学校。当然，钢琴课一如既往，上课照常，她爸爸回家之后林乔坚决不弹琴。

林乔要走之前的那天放学后，苏鹏照例送她到家门口。林乔看着他的背影忽然觉得他的白衬衫比什么都好看，鼻子一酸叫住他说："苏鹏，我明天就要转学了。"苏鹏好一会儿才转过来说："为什么？是因为那件事吗？"林乔难过地点点头。苏鹏走回来说："林乔，你一定要好好学琴，你是我见过的最聪明的女孩，你一定行的。"林乔狠狠点点头说："苏鹏，谢谢你，你一定能考上最好的学校，加油！"

4

一年后，林乔以优异的成绩被××艺术学院音乐系和波兰克拉科夫音乐学院同时录取。文艺范儿的妈妈得知消息的时候喜极而泣，立即给钢琴老师打了电话，深深感恩。苏鹏毫无悬念地考入北京大学法学院，不过，他听到林乔考入波兰克拉科夫音乐学院的消息比听到自己考入北大的消息还高兴。吴瑶也超常发挥，考入了厦门大学经济学院。

大学一年级快期末的时候，苏鹏给林乔的MSN上留言："你什么时候回国？我有很多话想对你说。"林乔回复："我暑假回国，我也有话跟你说。"

苏鹏来机场接林乔。他长高了，更加丰神俊逸。她更漂亮了，气质出尘。

"有件事我一直想跟你说对不起。"她说。

"是那张卡片吧？"苏鹏笑了。

"原来你知道？"她诧异地说。

"当然。"他含笑。

"你不生气吗？"她问。

"我一直很生气，你是个傻瓜。万一我因此爱上别人怎么办？还好，我爱的一直是这个傻瓜。"他伸出双臂拥抱林乔，"好久不见，想你。"

或许愿望没能如期实现，

或许不得不改变航向，

却仍要扬帆远航，

必会收获意外风光，

遇见亿万星辰和金色艳阳。

蓦然回首，未来其实早已在路上。

千万次的蜕变终成光鲜亮丽

每一个晨光熹微，

每一缕清风乍起，

都记得你的舞步和旋律，

时光会证明，

梦想可栖息。

夏子欢的名字又被L大同学列为女神排行榜之首。这个名字其实谁都熟悉，因为她如今是时尚界的大咖。春天来了，不知道穿什么？去《时尚芭莎》找夏子欢的文章，她专治各类搭配困难症。她会告诉你要必备的单品，经典的小黑裙，别致的特殊款连衣裙，百搭的黑色或裸色细高跟凉鞋，珍珠首饰，细细的金色锁骨链，以及精致的小手包。当然还有春季流行色，那些春意盎然的单品，让你的魅力瞬间随着春风起舞。

此处忍痛省略10000字，她的文章实在是看不够啊。

1

夏子欢，高级婚纱礼服定制设计师，走上时尚巅峰之路是缘于她年少时期的困顿。她在单亲的家庭长大，妈妈是医生，工作尤其忙碌。年少的时候她一直是短发，因为好打理，她妈妈是没时间和耐心去给她梳头发的，所以她特别羡慕别的女生有长长的发辫，遇到元旦节日联欢会，有的同学还会在头顶盘上一圈发辫，再插上几朵小花或者珠子，简直美不胜收。镜子里的自己呢，头发短短的，总是一根根傻傻地立在那里，简直丑陋极了。

并且，因为妈妈是一个人带她，经济并不富裕，生活很拮据，很少给她买新衣服新鞋子穿。所以她从小就特别企盼过生日或者过年，因为这个时候她妈妈一定会给她买新衣服或鞋子。可是很多时候那新衣新鞋子舍不得总穿，只穿了几次便收起来。结果留到下一年，个子已经长了，再想穿已经穿不上了。妈妈姊妹多，经常是几个姨娘家的姐姐们穿过的衣服给她接着穿，旧衣旧款，和时尚毫不搭边。所以夏子欢甚至在放假的时候也都穿着校服，因为那些舶来品实在看起来不舒服，那就不如穿校服了，虽然蓝白校服从来就没好看过，但毕竟还是自己的。

所以，从很小的时候起，夏子欢就很少跟那些家境优渥、打扮漂亮的女生在一起，因为无疑她会是那片绿叶，衬得那个女生更加娇艳，而她，才不肯甘心当那片绿叶。

从那时候起，她小小的心里便有一簇小火苗在升腾，将来，她一定要拥有无限多的漂亮衣服，会打扮得比她们都漂亮。

夏子欢高三那年，小姨结婚。小姨夫口碑很好，自己开一家公司。婚礼准备都很妥当，唯一的瑕疵便是小姨的婚纱是租的，而不是买的。夏子欢当时知道后便鄙夷地撇撇嘴，商人到什么时候都忘不了精打细算。婚纱是一次性的奢侈品，以后不能穿，买一件太昂贵，觉得划不来，所以才租的，可是租的婚纱别人难免都穿过了，女人一辈子就结婚这么一件大事，在这事上还斤斤计较，实在让人失望。

结果未料，在婚礼前一天那租礼服的公司才发现，这件婚纱早已经被别人预订，是两个员工工作交接不当，造成了一件婚纱被两家预订的窘境。紧急之下，小姨又跑了很多家店去订婚纱，因为时间紧迫，那天小姨从早上一直跑到傍晚才订到一件勉强说得过去的婚纱。所以，婚礼那天小姨并不是很开心。

2

这件事直接促成了夏子欢对未来的方向选择，她报考志愿的时候甚至都没和妈妈商量，直接就选择了服装设计专业——S大服装设计系，Q大服装设计系，A大服装设计系。整整一张高考志愿表，从上到下，满篇都是服装设计系。她妈妈惊讶地说："子欢，你疯了？"她说："我将来一定要自己设计婚纱，自己设计很多很多漂亮衣服，成为最美的人。"

可是年少的夏子欢并不知道，服装设计属于艺术类，需要很扎实的美术基本功才能报考，而她从没受过专门的美术训练。她妈妈非常后悔自己的疏忽，直到高考前一刻才知道女儿多年来的心结和愿望，可是这样一张高考志愿表交上去，必会名落孙山无疑。

她妈妈后来没法判断自己当时做得对还是错，她只是在千钧一发之际，偷偷去跟夏子欢的老师沟通，给她改了报考的专业。所以，夏子欢顺利考入L大，却不是服装设计系，而是国际经济系。班主任老师给她解释说，大学录取的时候偶尔会有学科调剂，她大概是被调剂了，可是考上就好，L大属于国家重点大学，这是好多同学梦寐以求的学校，这简直是天大的喜事。可是夏子欢不开心，因为，用四年的时间去学一个自己并不喜欢的学科，实在是蹉跎岁月。

她妈妈没有想到女儿仍然不死心。秋天的时候，夏子欢看到设计系门口贴着一张海报，一位知名教授将于第二天傍晚来系里小礼堂讲座。她于是在第二天傍晚就等在小礼堂门口，她是进不去的，因为只限于本专业同学，需要拿学生证进入。她看见了那个教授，据说年纪已经五十开外，看起来却仍然很年轻时尚。她一直在外面等，她想跟教授请教。她坐在附近亭子里的石凳上，直到同学们从小礼堂鱼贯而出，她跑过去，站在石阶上等教授。教授好久才出来，旁边还有人陪同。她顾不了那么多了，直接快步走到她身旁说："教授您好，我有个问题一直困惑我好久了，您能帮我下吗？"教授顿住脚步面无表情地看着她。她很紧张地说："教授抱歉，恕我冒昧，我很喜欢服装设计，可是不巧我被调剂到国际经济系，我是不是就没有机会再学服装设计了？"

旁边的人笑了，教授没有笑，沉默了片刻说："你有深厚的美术功底吗？你有很强的审美感吗？你有很出众的想象力吗？你耐得住寂寞和被无数次地否定吗？如果你都没有，都做不到，那么不如就国际经济吧，蛮好的专业，服装设计这一行想成功并不是很容易。"

教授的话似乎已经给夏子欢判了死刑，可是她的心跌进谷底之后又蓦地回弹。她听懂了，也知道该怎么做了。

夏子欢第二天就报了一个美术班开始学习绘画，从基础素描和水粉画学起。专业课并不轻松，她还要抽出大部分时间用在画画上，所以同宿舍的同学都觉得她不务正业，她只是莞尔一笑。在图书馆，她专门去找服装设计的书去学习，还有时尚界的必读杂志《时尚芭莎》以及《瑞丽》她都会买来看，学习国际顶级大牌的时尚元素。

3

大学毕业后，夏子欢直接就应聘服装公司，可是简历投到手软，无一不是石沉大海，因为她的履历和她想踏入的领域风马牛不相及，甚至是负分。所以在两个月后夏子欢就不再网上投简历，而是亲自到服装公司去应聘。在她第五次被拒之后，她来到一家新的服装公司，因为是新企业，规模小，又缺人，所以人事经理认真考察了她的实力，让她在规定的时间内画了一份设计草图，人事经理看罢当即拍板录用。由此，夏子欢真正踏入渴盼已久的设计领域。

当然这条路荆棘遍布，非常艰难。她起初在这家小公司做得还比较开心，毕竟得到了真正赏识。但是不久就暴露了弊端，小公司经济能力有限，要保证产品在市场上受欢迎，符合大部分人群的口味，不敢有丝毫的逾越和超前，所以渐渐地局限了设计师的创作。而服装设计对夏子欢来说不仅仅是工作，更是梦想，所以她必须超越市场。

夏子欢在一年之后辞职，又陆续找了几家公司，最后辞职的原因都大同小异，她不甘心被束缚。两年之后，她终于创立了自己的个人工作室，潜心于高级婚纱礼服定制。最初是和几家婚纱影楼合作，渐渐地，那些婚纱摄影作品不断在互联网上传播，新娘梦幻一样的婚纱受到了关注。在微博上被称为"最美新娘"的婚纱摄影照片被无数人转发之后，终于有人找到了她。

PKLM服装品牌公司作为国内时尚界数一数二的大品牌公司，一直都不缺设计师，但是高端人才哪里都稀缺。她的助手领人事总监走进她的工作室里间的时候，满屋子从桌上到地上都是画稿，并且都是同一款设计的无数次废稿，旁边的搁架上零散地放着各式布料样品和纱线。子欢趴在桌上疲倦地睡着了。助手要叫醒她，人事总监做了个"嘘"的手势便悄悄走了出去，到外间一直等到她醒来。他说他们已经注意到她很久了，再不挖走早晚会被抢走。于是，夏子欢终于站到了时尚前沿。

而今，她已经成为PKLM公司的中流砥柱，她的设计是PKLM的市场保证，更成为《时尚芭莎》杂志高频率出现的名字。

多年以后的今天，她仍记得当年那位教授的话，那些通宵达旦的不眠之夜，与孤独为伴，潜心于设计，无数次被否定，被摧毁，所有这一切都值得。

> 每一个晨光熹微，每一缕清风乍起，
> 都记得你的舞步和旋律，
> 时光会证明，梦想可栖息。

我们曾如此渴望命运的波澜，

到最后才发现：

人生最曼妙的风景，

竟是内心的淡定与从容。

——杨绛

2015年大型文化类电视节目《惊鸿长安》获得不俗口碑，每期节目结束，随着片尾曲的出现，我都会专注地看"总编导杜敏佳"这几个字从屏幕下方缓缓淡入屏幕的上方边缘，嘴角泛起笑意，如同见到她站在我面前。

她到底还是成功了。

1

对于杜敏佳，我比别人多知道很多秘密。她在大学是拿最高奖学金的优等生，可是大概别人不知道她大学里最恶劣的行径是偷书。

我没有瞎说，她的确偷过图书馆的书。

杜敏佳是个思维很天马行空的女生，十分富有幻想，少年时代曾经迷恋电视这个行业。可是这个行业家人都不熟悉，实在提不出任何建设性的意见，只是听说非常辛苦，于是她报考了中文系。上了大学才知道自己的孤陋寡闻，原来还有编导专业，是专门做电视节目的。

呜呼哀哉！

可是，没有办法，只能听从命运的安排。所以那个做电视人的五彩梦近在眼前，却又远在天边。

直到毕业前夕，大家都到图书馆去清理书单。杜敏佳随意翻到一本关于编导专业的英文原版资料，她好奇地看了十分钟。大概她自己都未曾料到，这短短的十分钟改变了她此后的人生之路。

于是，她借走了那本书，却蓄意再没归还，几天后她去图书馆交了罚款。因为，她直觉那本资料会对她有很大帮助，而那本资料是外文原版，国内是买不到的。她知道自己这样做很自私，可是，没办法，她觉得那是个宝，如果可以拍卖，她会第一个收藏。

2

这本资料成为她跨领域的一个阶梯。

彼时杜敏佳的男友邹帆已经在一线城市F城先找到了工作，杜敏佳追随邹帆去了F城，没多久闺密吴倩也来到了F城。吴倩学的是金融专业，工作很容易就找到了，可是杜敏佳想做翻译或者高校教师，却找了好久都没能如意。

一个半月以后，焦灼的杜敏佳忽然间看见西区电视台的编导招聘启事，她于是灵光一闪，第二天便去了电视台参加面试。她实话实说不是编导专业毕业，并不会剪片，只会撰写和创意。那人事经理客气地说请等通知，如果合格，七天内会有通知。杜敏佳觉得再一次落败而归。

可是未料，第三天她就接到了录用通知，这让杜敏佳觉得有些不可思议。她不可置信地问吴倩："找本专业方向的单位被拒，却被非专业方向的单位录用，你听说过这样的灵异事件吗？"

不过，她满心欢喜，因为五彩梦真的实现了。

3

初到电视台，杜敏佳就得到了赏识，文艺中心的刘主任听说她是K大毕业的，非常高兴——他们居然是校友。大概缘于校友的缘分，很快杜敏佳就得到了刘主任的重用。

刘主任给她指派了专门的后期制作阿风做搭档，两人共同工作。杜敏佳有很高的领悟力和想象力，所以她的想法都很独特，做出来的片子慢慢积累了很好的口碑，刘主任每每赞不绝口。

一个周末，时间已经很晚，敏佳突然接到刘主任的电话，让她去KTV一起唱歌。她犹豫再三，还是让邹帆送她去了。也只是一群人在唱歌，可是刘主任说，他已经给她打了不下三十个电话，一直打不通，杜敏佳解释说一直在跟家人聊天煲电话粥。

可是她的心里开始忐忑，打三十个电话就为了让她过来一起唱歌，这事似乎有点不太寻常。也就是从那天起，有同事看她的眼神怪怪的，似乎欲言又止。

没过多久，一个周末她一个人在台里加班写策划稿，中午时分，刘主任走了进来。敏佳诧异地说："刘主任您怎么没休息，台里有事吗？"刘主任笑着走过来说："没什么事，我离得近，随便过来瞧瞧。你在忙什么呢？"他径直走到她的桌旁，拾起一份资料，看了一会儿又放下，之后，忽然伸手捏起她的项链坠子说："哟，这项链很漂亮。"杜敏佳隐隐有些惊慌，却没敢表现出来，只说："哦，这是我男朋友送的，刚好一年了。"刘主任捏着坠子沉吟了一会儿说："嗯，挺漂亮的。"之后，他踱着步子离开了。杜敏佳站在那里愣了好一会儿，之后便收拾东西飞快地离开了。

再之后，刘主任在会议上总是会提到她的名字，夸奖她才华横溢，创造力强。可是每次，杜敏佳都会觉得非常不安。

初冬的一天，杜敏佳有些感冒，傍晚，刘主任打来电话说要请她吃晚饭，敏佳想了半天也没想起来有什么理由让领导请吃饭的，便说："刘主任，谢谢您了，不过我感冒了，不太舒服，改天我请您吧！"可是刘主任似乎喝多了，又打来电话说："你今天一定要来，我等你啊！"

杜敏佳于是明白了，什么欣赏，什么重用，只不过是有些人高高在上，心有不轨。她关了手机，第二天早上便递交了辞职申请。

她走出西区电视台大门的时候，接到了刘主任的短信：小杜，别家电视台不会像我这样赏识你的，你离你的梦想会越来越远，你要相信我会重用你的。

杜敏佳拉黑了他的手机号码，她更相信她自己。

4

那一天一定是黑暗之神降临的日子，杜敏佳万万没有想到，前边的辞职只不过是个序，真正狗血的重头戏在后边。

杜敏佳已经辞了职才想起来，一时冲动，她还没有来得及告诉邹帆。此刻的邹帆应该在F城到上海的飞机上，三个小时后落地。她于是给他发了短信：亲爱的，你落地后给我回电话，我有很多话想跟你说，等你哦。三个小时后邹帆回复：哎呀宝贝，不巧，我急着和重要客户谈合作，我晚上给你打电话。

杜敏佳于是约闺密吴倩一起吃饭，却没约到，她要加班不能来。杜敏佳只好沮丧地一个人去了步行街逛到天快黑，提着缴获的战利品去了格林餐厅吃饭。她刚落座，无意间一瞥，却见到两个熟悉的身影。杜敏佳坐的位置在他们的侧面，恰好看到他们四目凝视，深情款款。

她有十几秒钟的大脑死机，继而眩晕，额头开始冒冷汗。服务生拿着菜单走到她面前善解人意地问："美女，想吃点什么？要不要给你先倒杯水？"杜敏佳吼了一声："让开！"她蓦地站起身，提着东西向他们走去。

她的怒吼已经引起侧目，所以，邹帆和吴倩也已经看到了她。两个人都有些慌，吴倩起身要走，杜敏佳一个巴掌扇了过去："你是来加班跟我男朋友一起吃饭是吗？"她又狠狠扇了邹帆一个巴掌："你人在上海是吗？你是鬼是吗？这就是你的重要客户是吗？"她将东西甩到他脸上转身离去。

邹帆当然不知道，今天她辞了职，她有太多的委屈要跟他诉说，她逛了整整一个下午，提着的大包小包都是给他买的礼物，没舍得给自己买一件。

可是，都不重要了。

一切都结束了。在这个有些阴郁的周五，她失去了爱情，失去了友情，失去了工作，失去了全世界，顷刻之间变成一无所有。

杜敏佳整整病了一个月，父母频频打电话让她不要在F城了，还是回到他们身边，会少些辛苦。可是杜敏佳不甘心，她还想做编导。

又两个月后，她才找到一家集团内部的电视台，可是工作并不愉快。杜敏佳是处女座，异常挑剔，是极端完美主义者，所以搭档不久便对她忍无可忍。并且，单位很小，人员又复杂，大部分人都背景深厚，不是集团领导的亲属便是集团关系单位的家属，在敏佳来之前，都是优越感十足，所以敏佳超众的才华自然引起他们的争风吃醋和挤对，她锋芒毕露终于成为众矢之的。在一次和搭档的激烈争吵之后，她再次愤然辞职。

此后，杜敏佳意识到了自己的问题。她请同学帮忙找到了编导专业的师哥邱明，学习自己剪辑。彼时师哥邱明已经在业界小有名气，是F省电视台文艺频道的骨干，异常忙碌，但他听说是中文系的师妹，竟专门抽出时间约见了杜敏佳。两个人见面都有几秒钟的晃神，之后邱明便笑了："世界真小，杜师妹，我们又见面了。"敏佳想起来，刚入学那会儿有一次在图书馆，杜敏佳伸手要去拿《文心雕龙选译》，却被一个男生手快先拿了去。那男生瞥了她一眼径直朝门口借阅处走去，她一步上前拦住他说："哎，同学，能绅士点吗？女士优先，这本书我先看到的，只不过你手快先拿走了。"那男生并不理她，还要继续往前走，她急了说："喂，我是中文系，没这本书完不成今天作业的，你又不是中文系的，你凑什么热闹，小说那么多还不够你看啊？"那男生被她逗乐了，笑笑说："那好吧，看在你要完成作业的分儿上，今天就让你吧，不过你还的时候得告诉我，我也有急用。"杜敏佳不耐烦地要了他的宿舍电话号码和名字，急急忙忙借书去了。之后，杜敏佳果然信守承诺，用完之后给他打电话通知了他，后来很快邱明就毕业了，不过这个中文系的非常执着的姑娘他一直记得。

6

邱明大概就是杜敏佳走在黑暗之途中的那盏指路明灯。此后，邱明不仅帮助杜敏佳学会了专业编导的各项技能，并且将她引荐到F省最大的卫视文艺中心，不久，她开始独立策划专题节目。几年的时间，从业界新秀到业界精英，她傲人的成绩众人有目共睹。如今，F省卫视很多文艺节目的片尾都能看到"总策划杜敏佳"以及"总编导杜敏佳。"

2015年，电视节目《惊鸿长安》荣获F省年度华语电视节目金奖，邱明陪敏佳去领的奖。

我看了那场颁奖典礼的直播，敏佳还是老样子，眼神笃定，淡定从容。

我们曾如此渴望命运的波澜，到最后才发现：人生最曼妙的风景，竟是内心的淡定与从容。——杨绛

命运对谁都没有优待

时光会记得你的每一次跋涉，
每一次负重前行。
经过万千风景，
经过凛冽的风，
方能翱翔在天空。

2013年夏天起，薛志明的世界便被一个叫许冰清的姑娘搅得天翻地覆。

可也只是他一个人的天翻地覆，那姑娘根本毫不知晓，他也佯装世界太平，他一切安好。

1

薛志明第一次见到许冰清，是在D省电视台2013年夏的招考会上，薛志明负责为报考的考生解惑答疑。在小礼堂熙熙攘攘人声鼎沸之中，他注意到了一个沉默的姑娘。那姑娘一袭淡紫色桑蚕丝裙，侧身站在小礼堂的台阶上，看着礼堂四周贴的宣传海报，那专注而忘我的神情似乎不是身处招考会，而是在静谧的展览会上。薛志明的目光于是掠过面前拥挤而来的人群，不由自主地跟随着她。

那姑娘终于转身走下台阶，向他面前的桌台走来。那款款的步伐和姿态让他想起天后王菲。

一样的冷峻高傲，一样的不食人间烟火。

只不过，她显然要比天后漂亮，眉眼间说不出的好看，让人望见，一眼万年。

姑娘走近了薛志明前面的桌台，却怎么也越不过那群浓妆艳抹的姑娘挤到前面来，她踌躇了一会儿便转身走向负责分发传单和招考信息的礼仪小姐，拿了宣传单便离开了小礼堂。

虽然整个小礼堂人满为患，可是，这姑娘的颜值如此之高，甚至可以省了招考这一关，直接进电视台。薛志明直觉他们还会再见面。薛志明冲那个倩影笑了笑。

两个月后，招考人员公示，薛志明听到大家口中出现频率最高的一个名字是许冰清，据说，这姑娘长得极其冷艳，据说，这姑娘面试的时候只回答了两个问题就被叫停，成绩第一。所以，据可靠信息分析，这姑娘不是背后有靠山就是幕后受到潜规则。薛志明想起那个姣好的面容，一定是她。

她的名字还挺好听，许冰清，真的人如其名就好了，冰清玉洁，呵呵。有这些八卦的姑娘整天神秘兮兮地创造消息，不大的一个电视台简直成了世界新闻中心，薛志明头疼地哼着曲走开。

可是许冰清这个名字似乎有魔力，开始在薛志明的头脑里扎根，怎么赶都赶不走，似乎势必在这里开疆辟土，攻城略地。

她到底是用颜值还是用才华征服了台里的那些首脑……可是这又干我什么事呢？真是狗拿耗子——多管闲事。

2

　　许冰清刚进入台里，便受到了重用。她是新人中第一个成为出镜记者的，领导似乎也很赏识她，刚来不久，她便已经做了好几期重要采访，初出茅庐，便已经赚了些人气和口碑。

　　当然了，人家颜值高嘛！人家背后有台长嘛！没见台长念"许冰清"这三个字的时候那口气都是含在口中怕化了吗，哈哈！薛志明发现自己一听到这些话，便按捺不住想探究这些到底是不是真的。

　　他终于有了一次机会跟许冰清一起出去采访。那是一次很危险的关于地沟油事件的暗访，要去的地方是一个地下小作坊，他们穿上脏兮兮的衣服，带上帽子，化了妆（许冰清的妆容刻意丑化一些），扮成买油的，走进小作坊跟卖主进行交易。在交易过程中要用针孔摄像机完成拍摄任务。本来，摄像机一直夹在上衣口袋里，可是交易快完成的时候因为那小作坊里堆放的东西过于杂乱，许冰清不小心被绊了一下，摄像机的线头便松了，从上衣口袋里露了出来，那女人警觉地发现异常，便喊起来："他们是记者，快截住他们！"

　　许冰清反应非常快，还没等那女人喊出来便已经拉着薛志明跑了出来，又躲到暗处，直到那女人和她的男人匆忙不迭地追出来，到处找不到人影互相责骂又愤愤地离去后，他们这才又一路狂跑，上了车。两个人会心地笑了，许冰清笑起来一改冷艳，像山间清甜的泉水，叮咚叮咚。薛志明那一刻觉得，他内心的版图似乎又被这姑娘给侵略去了一大块幅员辽阔之地。

　　这姑娘似乎是应该同美好联系在一起的，毕竟她的笑容就是这般美好。

此后，薛志明便经常出现在那个塑胶跑道上了。不早不晚，每天清晨六点一刻。因为那个时间，那个叫冰清的姑娘一定会出现在那里。而在此之前，薛志明不止一次地早起拉开窗帘，从四楼的某个窗口望着那个奔跑的倩影凝神发呆。姑娘迎着朝阳奔跑的样子，真是好看。如今，终于有了一个契机，他可以每天跟这个姑娘一起迎接朝阳，迎接振奋人心的每一天。他发现，这姑娘身上有着一种新鲜的力量，吸引他不断靠近。

3

因为工作性质的高曝光性，所以电视台的女职员做微整形的不在少数，所以，终于有一天，这个整容的话题套到了正在冉冉升起的红星许冰清的头上。

那些八卦姑娘的眼睛里似乎都装上了放大镜，说她的五官都很可疑，可是她笑起来面部的柔和轮廓却好像又是她天生丽质的最大佐证。既然看不出破绽，那就一定是韩国最权威的整形医院的杰作吧。总之，她没有经过整容就这么漂亮，实在让人接受不来。

最新一期的采访节目中她那一口流利的英语让人看着就生厌生恨，不给她制造个更大的负面新闻怎能压住她腾腾升起的气焰！

所以，许冰清的五官必须是被整过的，她的形象再好，也需要点瑕疵，如此才公平。

这个谣言的始作俑者叫陈盼盼。陈盼盼是跟薛志明同一年来到电视台工作，对薛志明从暗恋到明示，狂放的薛志明就是大智若愚假装不懂。陈盼盼本打算在半年内拿下薛志明，未料风云骤变，显而易见薛志明对许冰清心生爱慕，许冰清就是那支正在上涨的最大的潜力股，不制造个致命的谣言不足以撼动她的地位。所以，在那个英文采访之后，许冰清的花容月貌都是整出来的新闻便铺天盖地，充斥了整个电视台。

薛志明听到这条新闻的时候正在食堂吃饭，邻桌的姑娘刚一说完许冰清那漂亮的五官都是整容的杰作，薛志明便摔了筷子和饭盒，黑着脸走出了食堂。他也不知道自己哪来的怒气，不过以他对这些八卦姑娘的了解，他已经猜到这流言的源头便是陈盼盼。

4

台里一年一度的年会，陈盼盼都是六位主持人之一，可是这一年陈盼盼没想到被许冰清换了下来，她当然心有不甘。许冰清除了客串主持之外，还要表演一个舞蹈节目，陈盼盼趁乱去了化妆间，偷走了许冰清的舞蹈鞋，等着看她的笑话。

然而，令陈盼盼失望的是，许冰清赤脚登上舞台，一支霓裳羽衣舞惊艳四座，引来掌声连连。

只是，许冰清下了台就再没能继续主持，而是去了医务室包扎伤口，她的脚因为不小心扎入了木屑而不能走路。

陈盼盼幸灾乐祸，在自由活动的时候跟那些八卦姑娘很大声地奚落许冰清，搬出她整容的新闻，唯恐台领导听不到。

薛志明代表青年领导讲话，他说："我今天给大家讲一个真实的故事。"

"都说人生如戏，大概没有人的人生真的如我故事里这位姑娘的人生这般戏剧化。在十几年前，这姑娘的家很幸运，她的爸爸几年如一日地坚持买彩票，似乎终于感动了老天，在这姑娘十岁那年秋，她爸爸意外中了500万元大奖。在那个并不富裕的年代，500万元是天文数字，更像天方夜谭，他们拿到这笔巨额钱财之后不敢张扬，而是全家移居香港，隐姓埋名，希望从此过一个新的人生。未料，刚到香港不久，一向恩爱的父母便因为这巨款的分配开始吵架，终于离婚。母亲带了一少部分钱改嫁，姑娘归了父亲。可是父亲常常出去打牌。有一天风很大，他打牌中间出去吸烟，没有吸完，里边有人喊他快来，他匆忙扔了烟头便跑回去继续打。没想到，二十分钟之后，旁边放映厅被那支烟头点燃着火，整个大楼都燃烧起来。好不容易来了消防人员将火扑灭，还好放映厅因为是白天没有人员在里面，整座楼并无人员伤亡，可是巨额的经济损失却是由他父亲一人来赔付。那点中彩获得的意外之财用来赔付火灾的损失后，已经所剩无几。姑娘的父亲准备留在香港打工赚钱，他将姑娘带回内地，寄宿在江南的一户远房表姐家里，表姐一家比较清贫，只够温饱。

"这姑娘住的这家邻居是个舞蹈老师，老师很喜欢这姑娘，教她跳舞。姑娘很有天分，老师教得也很用心，觉得她将来会在舞蹈方面有一定造诣。可是未料的是，有一次老师带小姑娘登台表演，因为舞台比较简陋，那小姑娘从舞台边缘摔了下去，摔伤了腰，从此不能再专业跳舞。所幸，年纪还小。后来姑娘考上了重点高中，又考上了理想大学，报考了新闻学系。在大学期间，一边刻苦完成学业，一边在一家外语学校兼职做汉语言课程老师，她拥有了流利的英语口语能力，连年获得学校奖学金。

"再后来，于今年夏天，她成功地获取了进我们省台工作的资格，她就是许——冰——清。

"我想说的是，命运对任何人都很公平。我们今天看到的她的光芒，是她用十几年的奋斗时光磨砺换来的，那背后的泪水和汗水有多少，只有她自己知道。我想，谣言在事实面前，终究会不堪一击。我还想说句话，我爱上了这个漂亮的姑娘。"

时光会记得，你的每一次跋涉，每一次负重前行。

经过万千风景，经过凛冽的风，方能翱翔在天空。

纵然全世界沉睡，她敢于特立独行

我爱这人间烟火，

我爱这璀璨人生。

纵然全世界沉睡，

纵然荆棘丛生，

也要奔赴征程。

2014年秋，一首叫《X小调》的歌曲开始在大江南北传唱。这首歌的歌词中的每一个字都勾起人最细微的感动，凛冽的青春往事，再次鲜活而生动地在眼前上演。于是，它的词作者被放在了聚光灯下。

柳依达，二十六岁，D城小小公务员，一个音乐界新人。这首《X小调》是她创作的第一首单曲。

公务员不应该是每天茶水报纸写公文吗？怎么能跟音乐界扯上关系？

1

柳依达是个不太乖顺的姑娘，从小到大，思维想法和她高知家庭的身份不太相符。按照父母大人的逻辑，她自然是要成为现代版的林徽因，可是这姑娘却从小就有做三毛的迹象。

彼时依达才刚五岁，爸爸在外地进修，有一天做医生的妈妈临时被找去做抢救手术，只好将她一个人锁在家里。妈妈刚下手术台，就接到住宅小区的电话，让她下班立即回家。就在几个小时之前，他们听到小依达喊救命，于是撞开门去救她，却发现家里并没什么危险发生。后来恍然大悟，这小女孩其实是想跑出去玩。从那之后，她妈妈再也不敢将她一个人留在家里。

一路成长，她妈妈尝试过让她学很多东西：舞蹈、绘画、书法、钢琴、古筝、小提琴等各种乐器，她妈妈一直希望自己的女儿将来是个弹古筝琵琶、拥有传统古典美的姑娘，却未料小依达对那些根本不感兴趣，她只喜欢跳舞和架子鼓。

蹦蹦锵锵蹦。

咚锵咚锵咚。

这才是她喜欢的韵律和节奏。

在高中的时候柳依达还曾跟父母探讨过有关考大学这个庄严的命题。某个炎炎夏日，已经有了一些主见的小姑娘拿着报纸有些激动地跑来问父母大人："考上大学真的很重要吗？为什么报纸上说，著名作家一般都是没有读过大学的？为什么我们就得考大学？我可不可以不考啊？"

她妈妈想了半天才牵强地说："有追求的人都会希望多读书的，有些作家没有读大学，那是他们当时的生活所致，没有条件，如果换在我们当前的环境，他们是一定会读大学的。"

"那郑渊洁的儿子难道也是没条件吗，他也没有考大学啊！"

这个问题她妈妈实在无法回答，只好板起脸来说："你必须考大学，别管别人！"

柳依达一边摔了报纸跑回房间，一边小声嘀咕："法西斯！"

2

上了大学，柳依达如鱼得水，觉得大学这种体制真是太好了，太有人性了。她终于自由了，有大把的时间可以自得其乐。

大概是高中生活过于压抑，所以初入大学不久，她便爱上了摇滚乐。只有摇滚乐才能释放她对于新的人生的热情。学校有很多社团，却没有一个单独的摇滚乐团。柳依达于是起草了一个组建摇滚乐团的启事，贴在公告栏上。这个想法很受欢迎，她宿舍的门槛每天都要被踏破，她的手机也被打到爆。柳依达认真择选了五个人，一个六人组的摇滚乐团便成立了。

他们分工明确，有弹有唱，疯狂地学唱经典摇滚歌曲，并对其进行加工和改编，还自己创作了几首摇滚歌曲。凭着一腔热爱，租用校园广场小舞台每周五晚上演出，每场演出人都爆满，大家似乎看到了第二个水木年华组合正在F大校园崛起。

因为在学校的热烈反响和极大成功，有兄弟院校的同学请他们去演出，后来又有了在某些商家举办的一些大型活动中演出的机会，他们已经开始走向外面的世界。

那大概就是他们摇滚乐团的巅峰时期了，而彼时乐队贝斯手左牧在疯狂地追求柳依达，每个深情的音符他都是弹给她一个人听的。那也是柳依达最快乐的时期，她作为主唱和心爱的人一起在舞台上用音乐表达对这个世界狂热的爱。

就在那一年，他们乐队受邀参加D省文化厅与电视台联合举办的全省大学生年度盛典。这是史无前例的殊荣，他们的演出获得了极大成功，然而也正是在这次盛典中，左牧认识了一个跳民族舞的姑娘。不久，左牧爱上了那个姑娘，在一次演出中公然宣布退出摇滚乐队，令全场哗然。

柳依达怎么也不肯相信，向全世界宣告一生只爱柳依达的左牧突然间就变得面目狰狞，将她狠狠踩在泥土里。原来，乐队里的其他人都知道，左牧一直觊觎主唱的位置，实力却不如柳依达，无从争起。而柳依达却从来都不知道。

柳依达突然间觉得，这个最可爱的世界原来只是表象，所有的狂热，所有的热忱看起来像是一个天大的笑话。

再之后，乐队又参加了一次专业人士参加的文艺会演，他们演出之后，在后台，她听到那位专业人士嗤之以鼻地说："这算什么摇滚，不懂就别玩，摇滚要成了这个样子，那中国音乐就毫无前景可言了。"

柳依达的热情顷刻间冷却。

于是，摇滚停了，似乎一切静止。

大概这才是世界应该有的样子。

3

父母大人那两年对柳依达特别满意，从没见过女儿变得这么乖，不折腾就好，女大十八变，都说了我女儿会变成大家闺秀的。

可是她好像是骗了他们。

她自己清楚，那颗躁动的心从来都没停止过折腾，沉寂下来，那不过是疲惫不堪的心暂时的歇脚，因为找不到突破口而不得已为之的彷徨，却终不会是常态。

大学毕业之后柳依达乖乖地按照父母大人的意愿考取了D省公务员，每天按部就班地上班下班，写写公文，送送文件，和朋友去旅游看风景，偶尔写几首打油诗。

2012年，当《最炫民族风》这首歌已经炫到世界的每个角落，她的心又澎湃起来。

她总觉得生活不该这么乏味，不该像现在这般如清汤挂面，毫无滋味。

她喜欢吃肉，喜欢活色生香，想尝遍世间美味，喜欢打破沉默，体悟最纯粹的快乐。

这孤独而沉寂的世界不能给予她欢腾的快乐，音乐可以。

这时候她的注意力已经不再是歌曲的曲调本身，她更多注意到了那感人至深的歌词。她喜欢方文山、林夕，那歌曲不仅仅是简单的歌曲，每一个曲调背后都是一个宏大的世界和令人动容的故事。

那音符串起的不仅仅是曲调，还有磅礴的感情。

她想试试。

在同事们看来，这姑娘自然是发起了神经。

大半夜的不睡觉在房间里走来走去，或者整夜整夜地听歌敲键盘不准任何人打扰，大清早蓬头垢面地看着电脑屏幕哭得肝肠寸断，或者失心疯一样地笑。

隔壁房间的同事去找宿管要求换公寓。上班的时候，她发现大家看她的眼神都是充满诡异和同情。连领导都在观察她，要不是铁饭碗，相信她这种行为艺术家会第一个被炒鱿鱼。

母亲大人打来电话问东问西嘘寒问暖，柳依达很有自知之明地搬回了家。

万年沉默的一潭死水突然被一石激起千层浪，平淡机械的生活突然平添了多彩的作料。柳依达成了一个怪人。

两年之后，那首《X小调》传遍大江南北，他们惊异地发现，它的词作者名叫柳依达，和他们熟悉的那个柳依达有相同的名字。

互联网上关于她有如下信息：

柳依达，女，二十六岁，青年创作者。

2012年、2013年、2014年连续三年参加全国互联网原创歌词大赛，分别获得不俗的成绩。2014年创作的《X小调》情感细腻，字字触人心底，朗朗上口，获得本年度优秀奖，被广泛流传。

她要她的世界足够精彩。

我爱这人间烟火，我爱这璀璨人生。
纵然全世界沉睡，纵然荆棘丛生，
也要奔赴征程。

无所畏惧，去追逐自己喜欢的生活

昔日寒山问拾得曰：

"世间谤我、欺我、辱我、笑我、轻我、

贱我、恶我、骗我，如何处治乎？"

拾得云："只是忍他、让他、由他、避他、

耐他、敬他、不要理他，

再待几年你且看他。"

对喜欢的生活，必奔赴征程。

心有桃源，何惧东南西北风。

梦想一直在，你有你的人生。

听说卫东就要遁入空门，已经归隐山林。

这无疑是爆炸性的新闻，很短的时间内传遍整个L大同学圈。

于是各种揣测接踵而来。

卫东作为L大杰出青年代表，近几年风光无两。当年成功签约世界500强企业MKL集团，从初出茅庐做到大中华区市场部总监。去年一举拿下东南沿海三个城市，成为MKL集团最重要的中坚力量之一。

事业做到如此成功，却宁愿放弃，其中必有隐情。大概曾经沧海，已经心无眷恋，看破红尘。

当大家在心里对臆想出来的卫东的遭遇慨叹不止时，又有朋友在同学圈里更新了卫东的新闻。有图有真相，卫东已经卸任MKL集团大中华区市场部总监的职务，携夫人顾小莫落脚D城某半岛，要在这里建图书馆和书店。

哦，原来不是要遁入空门，只是去采菊东篱。

可是卫东这是要从商人变文人吗？

他似乎还算不上是文人，跑到那么人迹罕至的地方去建什么图书馆和书店，显然不会有什么盈利，这是做公益吗？脑子进水了吧！

可是，卫东从来都是一个勇敢追逐内心所向、颠覆常规的人。从前是，现在是，相信未来也会是。

1

卫东从前的英语很烂，大学英语四级考试别的同学大二就已经通过了，他大三下学期还在考，最后惊险地通过，似乎也没什么收获。所以当他毕业前夕突然说想去MKL集团的时候，几个哥们都以为他在发烧说胡话，MKL集团作为外商独资企业在国内国际市场一直处于领先地位，员工需要很高的英语水平，并且工作强度大。

所以如果说外语系的同学想去那里，还比较靠谱，可是作为四级英语考试都勉强通过的一位同学，这个想法无疑是痴人说梦了。

所以好哥们当笑话一样听完，很捧场地笑了说："心有壮志，奈何难酬？哈哈，想想也没啥不可以的，是吧？"

可是卫东的脸上无一丝笑意，他说："我是认真的。"

之后，卫东不知道从哪儿来了一股神力，开始疯狂进攻英语，对待四级考试他都是三心二意，可是这次不同，努力程度堪比悬梁刺股，在大家已经神龙见首不见尾的大四，大概在拼命学习的只有一个叫卫东的疯子。他在很短的时间内真的攻陷了英语，参加了MKL集团的招聘考试，被顺利录用。

所以，当年他的逸事常常被英语老师拿来教育那些不认真学习的学生："你们若是有卫东那临阵发疯突击的本事，我也就免得跟你们操心了。"

顾小莫和卫东同时进入MKL集团，第二天她就跑来兴奋地说："我听说你的故事了。"

卫东一笑："哥只是个传说。哈哈。"

世界500强企业并不是徒有虚名，人员众多，分工精细，工作强度很大。所以要在这里打拼出一番天地来，不仅要有足够的实力，更要有足够的努力。加班是常事，挫折失败也是家常便饭。经常熬夜写的方案一大早交上去就被斥责要求重写，或者哪个客户不满意就血口喷人告黑状，更有竞争对象口蜜腹剑暗中栽赃陷害。

这完全就是一个纷杂的小世界，身处其中步步惊心。所幸卫东不是个太计较的人，且我行我素，所以，一桩桩，一件件，像走钢丝一样步履维艰走了过来，并且还收获了爱情。说起爱情，他和顾小莫也是很多人避之不及的办公室恋情。可是爱情来了，所有的清规戒律都不堪一击，落败而去。

2

在多年的持久努力下，卫东终于一步一步走向事业的巅峰。据说有多家集团以优渥的待遇邀请他加入，然而未料他莞尔一笑，转身离开繁华。

是什么理由让他放弃这一切？

可又有什么理由他不可以放弃这一切？

他本就是个随性的人，自由的人。

半年后，卫东和顾小莫的书店建起来了，他们邀请同学们去D城半岛旅游观光。书店大厦依岛而建，掩映在竹林繁花之间。晨曦日光渐起，日落红霞满天，夜晚万千星河，庭院山水相依。海边燃起篝火，朋友围炉煮酒，时而独享静谧，时而笑语欢歌。

书店和图书馆里设有宽敞的阅览室和自习室，并且设有咖啡间，读书累了可以进去一边休息一边品尝免费的咖啡。书店和图书馆都一直开到夜里零点，晚归的人也可以来得及去买书阅读。

卫东和顾小莫经常光顾书店的五层。卫东读书，顾小莫画画。顾小莫的画画得很棒，就是每次给卫东画的都觉得不够好，永远说下一幅会更好。

书店和图书馆做到了最大程度地方便用户的目标，但是显然盈利微薄。

于是有同学说："看起来高大上，很高尚，很有品位，可是不盈利为了什么？就为了所谓的高雅吗？这个年代居然还有如此不切实际的理想主义者。"

卫东听后仍然只是莞尔一笑，此举并非为了盈利。

人的一生总归要有追求，追求或许是物质上的，也或许是精神上的。追求是支撑我们前行的动力，不可或缺。

在此前的人生，我追求的是一种昂扬的快节奏生活，在竞争中实现自己的价值，我觉得我成功了。而此后的几年，我想换一种格调，追求一种慢节奏的生活，并非放弃自己，并非颓废萎靡。而恰恰相反，人生需要螺旋式上升，我想进入到采菊东篱的时期。或许很快，我又会进入到另一种生活模式中也说不定哦！我想要的是多维度的人生，而不仅仅是单一的一种，我会一直很努力，只不过，现在需要换一种努力方式。

3

　　一年后，卫东的书店成为D城旅游的招牌风景区，游人剧增，人满为患，卫东不得不在旁边又扩建分区。再之后，沿海的三座城市都有了卫东的连锁书店。

　　卫东似乎又为L大校友创造了一个奇迹。

　　昔日寒山问拾得曰："世间谤我、欺我、辱我、笑我、轻我、贱我、恶我、骗我，如何处治乎？"

　　拾得云："只是忍他、让他、由他、避他、耐他、敬他、不要理他，再待几年你且看他。"

　　对喜欢的生活，必奔赴征程。

　　心有桃源，何惧东南西北风。

　　梦想一直在，你有你的人生。

时光易老，只争朝夕

我是极少关注综艺节目的人。

可是最近一期的《中国梦想秀》却深深震撼了我。

一位年轻的女子和她的老公来到梦想大舞台，她是来寄存梦想的，她的梦想是帮老公找到一位新的女朋友。

女子说出梦想的那一刹那，全世界都在发蒙——没有一个女子会愿意给自己深爱的老公找寻一位新女友。

我的心中已经猜到了个中原因。

下一秒，非常不情愿地，我的猜测被证实。

姑娘颅内长瘤，恶性，第二天就将进行颅内手术，很可能下不了手术台，手术失败的概率是80%。她于一年前已经做过一次颅内手术，一旦此次她下不了手术台，她希望这个舞台届时帮她实现梦想。当然，如果她能手术成功，那么她将和老公幸福生活下去。

观众席一片哗然。

可是女子一直在微笑，满面的快乐和春意盎然。

她微笑说，虽然患病，却深感幸福与快乐，她的老公全心全意地爱着她，为了第二天昂贵的开颅手术费用，他将卖掉房子，只要她活着。她觉得他就是上天对她最大的恩赐，她不知道她还有没有明天，所以为了感谢老公无畏的付出，她到这里来寄存梦想。

全场震撼，涕零如雨。

在场三百名观众，全部投票支持，在场的三家集团全部愿意承担姑娘接下来的所有医疗费用。

这是对生命和爱的最大感动。

那一刻他们深情相拥，喜极而泣。

周立波问姑娘的老公："你在认识之初就知道她身患绝症，那么你爱她什么呢？"

他回答："全部。"

"为什么会对她那么好？"

他回答："因为我就是喜欢她。"

爱是不可抗力，可拯救人于旦夕之间，赐予人以生的力量。

如洪水猛兽，如绵绵春雨，摧枯拉朽，又温柔似水。

凝天地之神力，聚万物之灵气，生生不息，千丝万缕。生而本能，无可抗拒。

所以我们每一个人都会前仆后继奔赴爱情，奔赴美好，那是无法阻挡的渴望。

女子在所剩无几的时间里，仍心心念念老公未来的人生之旅。她最大的遗憾莫过于不能陪他一起度过接下来的漫长岁月。

而于我们，所有的人，纵然岁月漫长，时光易老，只争朝夕。

章珈琪

2016年5月4日